Rizzoli

W0462660

Sebastiano Marraro

Va tutto bene

Rizzoli

Pubblicato per

Rizzoli

da Mondadori Libri S.p.A.
Proprietà letteraria riservata
© 2018 Mondadori Libri S.p.A., Milano
Pubblicato in accordo con One shot Agency
Illustrazioni di Giorgio Zingaro

ISBN 978-88-17-10312-1

Prima edizione: luglio 2018

Va tutto bene

Introduzione

Pensavo molto
le notti in cui mi mancava da morire e i miei amici
festeggiavano
senza di me.
Ho calpestato emozioni bruciando il tempo prima
degli altri,
soffrendo tanto e imparando a vivere davvero.
E me lo sono sempre chiesto, che cosa fosse la vita
e che cosa fosse l'amore.
E ancora adesso ho mille risposte incoerenti l'una
con l'altra,
e passo le notti sveglio a scrivere fino a farmi scoppiare
la testa
e a distruggermi il cuore.
Forse siamo ragazzi che non conoscono il loro vero
valore,
che hanno smesso di amarsi per le troppe paure,
non sappiamo soffrire

e non sappiamo più vivere.
E probabilmente le mie parole serviranno a poco,
come quelle che spesso dedicavo a lei,
che bruciava nel fuoco per scaldare il suo cuore.
E siamo soltanto ragazzi che hanno bisogno d'amore
che cercano in una frase tutto quello che
vorrebbero dire.

Abbiamo paura,
ci manca l'amore.

Che poi lo sanno tutti
che la pioggia e il sole finiranno per odiarsi
ma loro non lo sanno
e insieme formano un arcobaleno.

I grandi non sanno amare

Da piccolo,
credevo che l'amore fosse una cosa da grandi,
e così volevo crescere in fretta.
Poi, crescendo, ho capito che i grandi non sanno
amare.
L'ho capito quando li guardavo e li vedevo soffrire,
quando dall'alto verso il basso cadevano le lacrime.
Quando dove noi piccoli trovavamo la luce tra
la pioggia,
loro soltanto dolore.
E sono sempre stato un bambino speciale,
nel senso che lo eravamo tutti un po', speciali
nel senso che una cosa normale la rendevamo speciale.
Ci bastava poco
ci bastava niente
ci bastavamo noi
per fare del niente un tutto, per fare del poco
che avevamo tutto ciò che ci bastava.

E ci bastava un foglio di carta per costruire
un aeroplanino che poi lanciavamo fuori dalla finestra
in cerca di felicità,
mentre il sole splendeva riflesso sui nostri occhi colmi
di speranza.
Ero un bambino speciale perché non sorridevo spesso,
di solito i bambini lo fanno di continuo,
ma io avevo capito che i sorrisi migliori
li avrei dovuti tenere per i momenti peggiori,
sì, perché in un certo senso avevo già capito, dentro
di me, che non sarebbe stato facile più in là.
Sorridevo di nascosto, coprendomi il viso con
una mano ancora troppo piccola
per evitare di mostrare la felicità
la spensieratezza
l'amore.
Mi è sempre piaciuto ascoltare
imparare
rischiare
provare
conoscere.
E grazie a questo, grazie alla mia voglia di crescere
in fretta per scoprire,
sono stato capace di cogliere quella risposta che
tutti avremmo voluto avere:
"Che cosa saremo da grandi?".
Avevo capito che i grandi soffrono di più

che i grandi piangono di più
sorridono di meno
vivono di meno
e il loro cuore muore di più.
Avevo capito che eravamo noi piccoli
a insegnare ai grandi l'amore,
mentre ce ne stavamo a fissare il vuoto,
pensando che da grandi saremmo stati capaci di
amare.
Ma noi non sapevamo
O, meglio, credevamo di non sapere,
forse perché i bambini non nascondono le lacrime
mentre i grandi fingono di non piangere.
Ho sempre osservato in silenzio, quando guardavo
un adulto soffrire,
e mi chiedevo sempre dentro me:
"Ma da grandi non si piange più?".
Ed ero soltanto un bambino che non sapeva la verità,
che ancora non aveva scoperto
che i grandi hanno soltanto paura di mostrarsi deboli,
che piangono più dei piccoli,
ma che quando lo fanno si nascondono.
E, in silenzio, questa è sempre stata la risposta che
ha fatto meno rumore,
la paura di mostrarsi,
la paura di aver paura
è sempre stata la condanna dei grandi, di coloro che pre-

dicano amore senza saper amare, senza saper ammettere
la sofferenza, senza saper abbracciare l'amore.
Correvo spesso
perché volevo sempre arrivare primo,
e poi cadevo,
piangevo tanto
e mi rialzavo subito,
con del sangue sul ginocchio, le lacrime sul viso
e un sorriso pieno di energie,
e nel silenzio dei miei affollati pensieri.
"Ma i grandi non cadono mai?"
Da piccolo sono sempre stato un bambino speciale,
nel senso che crescendo non sono mai cresciuto,
ed è questo il segreto per diventare grandi
ma grandi davvero.
Non ho mai smesso di sognare, non ho mai dato
retta a chi mi diceva:
«Da grande sarai diverso».
Non ho mai smesso di immaginare intorno a me
qualcosa che agli occhi non esiste
e non ho mai smesso di guardare oltre
con il cuore.
Grandi da piccoli e piccoli da grandi,
senza smettere di fabbricare sogni, regalare sorrisi
e causare pianti di gioia.
Perché i grandi questo fanno,
smettono di credere nell'amore perché pensano che sor-

ridere davanti a tutti sia sbagliato, che soltanto un folle
possa amare la vita, nonostante tutto.
E io
ero un bambino folle
che da grande avrebbe continuato comunque
ad amare la vita,
nonostante tutto.
E ho costruito una barca
con un foglio di carta,
ho raccolto tutti i sogni che avevo chiuso nel cassetto
e li ho portati con me,
in un viaggio infinito che si chiama
vita
amore.
Dove spesso i grandi non arrivano mai,
un viaggio per pochi, perché molti hanno soltanto
paura di non saper nuotare
e così
si resta fermi al di là della felicità.
E io sono questo:
un folle bambino che ama la vita, che la ama anche
nel corpo adulto
che non ha mai avuto paura di diventare grande
e che mentre la barca di carta viaggiava sempre
più lontana
non ha mai avuto paura di crescere troppo
velocemente,

perché il suo cuore
è rimasto per sempre quello bambino.
Grandi da piccoli
e piccoli da grandi.
Perché il nostro problema più grande è la mancanza
d'amore.
L'uomo è nato per amare,
nasciamo dall'amore
e viviamo alla ricerca di esso.
Come se la vita fosse un viaggio senza destinazione,
dove l'amore è l'unica arma che hai, per combattere
il dolore
per colmare il vuoto nel cuore
per arricchire la tua anima.
Ma amore nel senso di "amore", di qualsiasi cosa che
ti faccia battere forte il cuore.
Amore nel senso che bisogna amare davvero,
amare, amare e amare.
Sorridere quando si cade,
e rialzarsi accarezzando il sole con le braccia alte
verso il cielo, senza paura di scottarsi.
Senza sapere che l'amore da grandi ci avrebbe ucciso,
quando avremmo rifiutato il dolore
e lasciato la barca di carta ferma in porti sicuri,
stretti tra le braccia della paura.
E dovremmo imparare a volare,
baciarci

e amarci.
Come quando da piccoli ci chiedevano: «Quanto
bene mi vuoi?».
E noi, aprendo le braccia al cielo, rispondevamo:
«Tanto così».

Sei così piccola
e vera
che fai paura al mondo.

E vorrei con voi condividere i miei pensieri, la mia felicità, le mie paure, le mie emozioni.

Mi è sempre piaciuto provocare un sorriso alle persone, o una lacrima che porta con sé amore, ma amore inteso come felicità.

E adesso finalmente ho trovato il mezzo per poterlo fare: scrivere.

Scrivere aiuta me, aiuta voi, il nostro cuore.

Perché aprire il cuore significa imparare, e più cose impariamo, più il nostro cuore diventa grande.

In questi testi che seguiranno, parlerò quasi sempre d'amore, perché per me l'amore è la cosa più importante, e spero che possa aiutarvi a tirar fuori la vostra parte nascosta.

E lascerò delle pagine vuote, bianche, questo perché vorrei che in queste pagine

lasciate così, ci scriveste qualcosa voi, qualsiasi cosa.

Una frase
un testo
un disegno
una dedica
uno sfogo
qualsiasi cosa.

Lascerò una domanda in testa alla pagina alla quale potrete rispondere.

E lo so, non te lo chiede mai nessuno davvero,
ma... come stai?

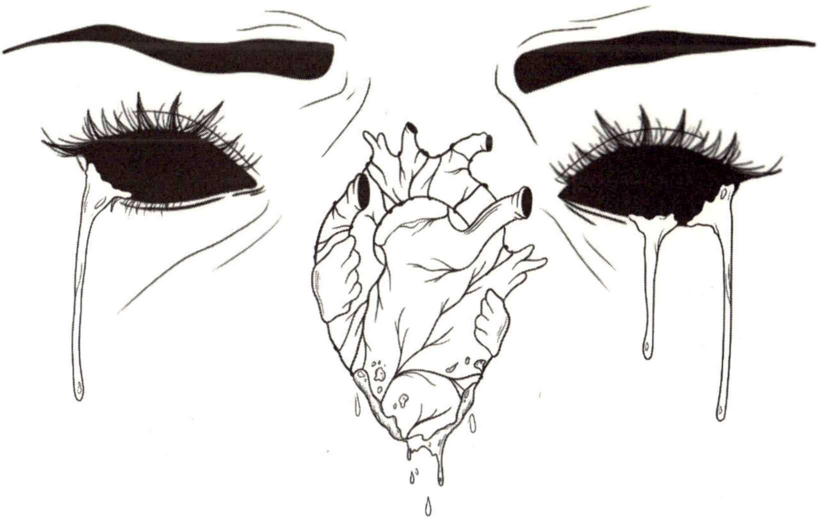

Questa notte dormo solo,
con il tuo profumo
accanto a me.

Alla ricerca dell'amore

Ed è inutile negarci la verità,
è inutile chiudere le porte del cuore e gettare la chiave
lontano da noi.
È che se siamo qui è grazie all'amore
e noi
viviamo per lui.
Che senso ha odiare la sua esistenza soltanto per paura
che possa farci del male?
La paura è la strada più facile, quella che ci troviamo
di fronte,
quella più semplice da percorrere,
quella che ci farà sbagliare destinazione.
Perché l'amore è la destinazione,
e con la paura
i nostri cuori marciranno in silenzio,
tra le fredde ombre dei boschi dimenticati.
E vivendo l'amore con paura, moriremo insieme a lui
cesseremo di esistere
smetteremo di viverci

di amarci.
E saranno dannate, le nostre anime in cerca di mete
lontane
lasciate oltre i mari, dove solo la luce del sole colora
le cose.
Sì, l'amore è come il cielo,
che ogni giorno cambia colore, sfumature, luci.
Ma che sempre resta lo stesso, troppo grande per noi,
troppo immenso per sconfiggerlo
ma abbastanza forte
per poterci abbracciare tutti.
Ha mani forti, l'amore, dalle quali non può sfuggire,
accarezzato dolcemente, chi crede in lui.
Strappato lentamente, chi cerca di negarlo.
E spesso mi chiedo: "Cosa ne sarà di noi, adesso?".
E non mi rispondo mai, per paura di sbagliare,
per paura di sapere
o per paura di conoscere la verità.
Perché noi siamo fatti così:
dolci poesie bruciate nel fuoco,
che tra le fiamme urlano a bassa voce che la verità
brucia la speranza,
e soffrire di illusioni
resta la soluzione al dolore.
Mi piace far finta di nulla,
ignorare,
mi piace poter sapere, ma tralasciare

credere che ci possa essere un'altra via più dolce,
più spensierata
e meno dura da percorrere.
Mi piace illudermi,
stringere forte a me l'aria che respiro, e immaginare
di averla tra le mie braccia,
sentire il suo profumo dentro di me
le sue labbra sulle mie
e i suoi capelli lisci sfiorarmi il viso.
Mi piace illudermi, piace a tutti.
A chi non piace illudersi?
È la medicina più forte per il nostro cuore, quando il suo
battito ha il suono di un sasso che cade nel vuoto, quando
lei non c'è più
e lui la cerca ancora
tra i ricordi
i silenzi
i profumi.
Illudersi è una carezza sul viso dei cuori che battono
troppo forte
che sembrano scoppiare
esplodere
andare in frantumi.
Ma l'amore è follia.
Che se ci penso mi fa impazzire
e mi hanno sempre detto che sono pazzo, pazzo
a chiedermi ogni notte cosa sia,

pazzo a cercare le risposte
pazzo a fare tutto questo per lei
pazzo di me
pazzo di lei.
È tutta una follia,
un oceano di emozioni dove ci lasci un po' tutto,
un burrone infinito per il nostro cuore, che mette
le vertigini solo a pensarci,
i brividi su tutto il corpo e il respiro caldo addosso,
che ti lascia credere questo,
sì, che l'amore è caldo.
L'amore è fuoco, non ghiaccio.
L'amore è emozione, mai apatia.
E morirei tra le sue braccia laviche, che sciolgono
le mie paure e le mie incertezze.
Ma che ne sarà di noi, se smetteremo di amare,
di amarci,
di dare per dare e non per ricevere?
Che ne sarà della nostra esistenza, che esistiamo
grazie all'amore
e che moriremo della sua mancanza.
Saremo grandi, un giorno,
con piccoli cuori svuotati
occhi tristi e visi pallidi
e con le anime un po' meno bianche.

Fiocchi di neve

freddi
che si sciolgono al contatto con il calore,
spariremo nel nulla, diverremo polvere di frammenti
dei ricordi
che la vita seppellisce sotto i cuori.
Siamo alla ricerca infinita
delle emozioni che ci fanno sentire vivi, come una
droga,
perché l'amore è droga.
Siamo alla ricerca infinita
delle persone speciali che ci fanno sentire speciali,
perché sempre ne abbiamo bisogno, di qualcuno che
ci faccia sentire meno soli,
meno tristi, meno sbagliati, meno dispersi nel
vuoto che ci circonda,
meno in difetto
con noi stessi
con la nostra incapacità di bastarci così.
Bastarci così tra i difetti della luna, che vista da lontano
sembra bellissima
che si specchia di notte
su un cielo nero che sa di magia,
dove le stelle la ammirano nel buio, piccole e in difetto
con lei,
che sembra così bella da lontano
che se la guardi da vicino
i suoi occhi sembrano piangere.

Come quando sembra che tutto vada bene, come
quando il tuo sorriso ti piace,
e anche i tuoi occhi illuminati
e poi incontri uno specchio, che ti dice:
«Non sei abbastanza per amarti, per farti amare».
E il tuo cielo si tinge di grigio, i tuoi occhi vedono
in bianco e nero
e il tuo cuore smette di suonare.
E amate per amore, mai per solitudine.
Così dicevano,
ma quanti amano per amore e non per bisogno
d'amore?
L'amore è desiderio, voglia, passione.
Il bisogno d'amore è vuoto, mancanza, carenza.
L'amore vero,
quello che agita il mare e fa piangere il cielo, è raro,
difficile che le nuvole si emozionino in una giornata
di sole,
difficile che l'arcobaleno esca senza la pioggia con sé,
o che il mare sia mosso senza le onde.
Abbiamo sempre tutti bisogno di qualcosa, o di
qualcuno,
ancora non riesco a capire,
perché noi non siamo abbastanza.
Perché a volte basta qualcosa, altre sembra
bastare qualcuno
e poi

non basta più nulla.
Perché siamo dannati
e insaziabili.
Vagabondi in cerca di farfalle nello stomaco,
da rinchiudere in gabbie di fuoco,
le loro ali bruceranno per sempre nelle nostre menti
e la polvere magica
che fa tossire i nostri cuori
sarà respirata dai nostri polmoni
aperti
all'amore.
Ma l'amore siamo noi, o è l'amore che fa parte di noi?
È una risposta impossibile,
una di quelle cose che hai quasi tra le mani
e poi fugge via,
l'amore fugge via.
Che del resto siamo tutti bravi a dire "L'amore va
vissuto e non spiegato".
ma trovatemelo, trovatemelo qualcuno che l'amore lo
vive senza voler sapere niente da lui, trovatemi quella
persona e portatela da me.
Siamo folli.
A volte viaggiamo, senza saperlo, alla ricerca
di qualcosa che non conosciamo,
"siamo piccole stelle senza cielo" diceva così, no?
E i nostri cieli sono persone,
i suoi occhi erano il mio cielo

dove mi sono perso tra le nuvole
dei suoi sorrisi.
Fermiamoci, riflettiamo.
Siamo in grado di amare davvero?
Amare nel senso di esserci, ma esserci sempre,
quando tutti se ne vanno, quando fa buio, quando
il sole cala piano
e il freddo soffia forte dentro.
Quando in due fa meno paura,
quando bisognerebbe andarsene ma si sceglie di restare
nonostante il freddo
nonostante tutto.
Ma non ci siamo per noi stessi, figuriamoci per gli altri.
Ed è qui che cadiamo, tra le piccole buche delle strade
rovinate dal dolore,
dove non si presta più cura, attenzione.
Prima di amare gli altri
bisogna amare se stessi.
E non lo dico io, lo dice l'amore.
Nessun uomo impara ad amare qualcuno, se prima non
impara ad amare se stesso,
perché rimarrà soltanto un'insicura identità senza
posto a sedere
che cercherà identità in qualcun altro,
al quale causerà soltanto dolore
e disperazione.

Ci insegnano ad amare gli altri prima di noi stessi,
come se… "fallo soffrire, tanto non sei tu":
egoistici pensieri
che fanno dell'amore un pugnale nel cuore.
"Buttati prima tu, che se non ti fai male mi butto io."
Per lei mi sarei buttato dal punto più alto
ma lei lo avrebbe fatto per me?
Buttatevi per voi stessi
dalla cima più alta del monte più alto,
dove l'aria vi toglie il respiro
e la libertà vi entra dentro,
che poi non se ne va più.
Egoisti umani
che fanno dell'amore una cosa qualunque,
come un gioco che rompe i cuori, dove le lacrime sembrano pioggia
e i sorrisi finta routine.
Provate l'amore su voi stessi, prima che sugli altri,
perché il dolore dell'amore è grande,
grande è, quando lo provi sulla tua pelle
ma ancor di più lo è quando la tua pelle lo fa provare alla sua.
Ricordate la barca di carta?
Costruitela senza paura e abbandonate i porti sicuri
e viaggiate
in mezzo all'oceano,
dove gli squali affamati di sangue

vi verranno a cercare,
dove soltanto amare voi stessi,
vi salverà
dalle grinfie del mare.
E fin da piccoli, ci insegnano che amarsi troppo
è peccato
che giusto è amare prima gli altri
che volersi bene è egoismo,
ma amare qualcuno senza saperlo fare, cos'è?
Siamo aquiloni senza ali
legati a un filo e trascinati al suolo,
con i visi sfregiati
le mani sporche di sangue
e i cuori sbucciati.
La soluzione all'amore
forse è una soltanto:
amarsi incondizionatamente, talmente tanto
da amare il cielo
anche con la sua pioggia.

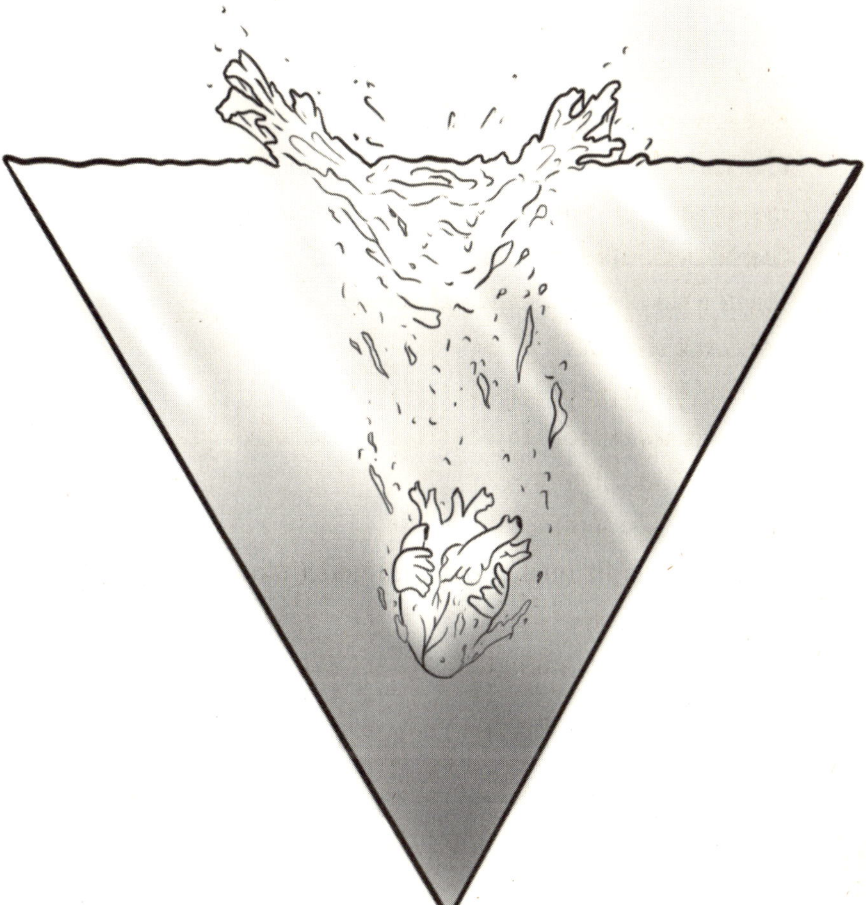

Trova il mare negli occhi di qualcuno,
e lasciaci affogare il tuo cuore.

Amati

Alzati,
corri allo specchio,
guarda fisso negli occhi le tue paure e amati.
Guarda la tua anima nel profondo, là dove si
nascondono le cose più belle
come gemme preziose sul fondale marino,
lasciati avvolgere dalle acque calde e salate
dell'amore
e lascia che la luce riflessa tra le onde
riscaldi il tuo cuore.
Amati tu,
non aspettare che lo faccia qualcun altro, perché
spesso gli altri hanno da fare
non hanno tempo per te
non hanno voglia di ascoltarti
non hanno voglia di te
e mai
avranno te.

Amati sempre, senza limite.
Senza tempo, senza paure.
Amati quando te lo meriti tanto, ma non hai amore,
come un'estate fredda in cerca del suo sole, abbraccia
il tuo freddo e scaldati insieme a lui.
Ama ogni cosa di te, o finirai per odiarti
troverai dentro di te soltanto il marcio
il ripugnante odore dell'esclusione, della povertà
con la quale smetti di sorriderti
di amarti.
E allora sarà difficile riordinare una stanza lasciata
morire
impolverata dai difetti
dalle mancate giuste attenzioni, che nessuno ti ha
riservato
e che tu
ti sei lasciato scappare.
E non sporcarti dentro, non farti del male.
Hai soltanto bisogno di un po' d'amore, non di
dolore,
non tagliare le tue braccia per sentirti meno solo
il tuo sangue macchierà le lenzuola
dove si mischierà con le lacrime della notte,
e con il vuoto della tua mancanza, dove la tua anima
viaggerà per sempre da sola
nel silenzio.
Ti senti solo, lo so.

Hai bisogno di qualcuno che ti dica: «Va tutto bene,
ci sono io con te, adesso»,
ma a volte aspettare fa soltanto più male,
resti fermo sulla porta di casa
sperando che da lontano qualcosa di bello arrivi verso
di te
accarezzandoti il cuore
e dicendoti che non devi più avere paura.
Ma le attese spesso sono vuoti da riempire
e fanno soltanto perdere *te*mpo.
Ora è il momento del tuo tempo: non perderlo,
non lasciarlo scorrere.
Lui è forte come un fiume in piena
durante una notte di quiete e calma
dove se resti fermo, rischi di essere sommerso senza
pietà.
Ma io non voglio illuderti, non voglio stringerti le mani
e poi lasciarti cadere
quando tu abbandoni il tuo peso su di me.
Non posso dirti che andrà tutto bene,
ma sono certo che andrà meglio, se imparerai a trovare
l'amore dentro di te,
se imparerai a darti ragione, a sentirti giusto
a smettere di puntarti la pistola alla testa
e uccidere ogni tuo pensiero,
condannandolo alla più grande sconfitta:
la colpa.

Non sparare alla tua ragione, ignora l'ego marcio della sua malvagità
che cercherà sempre di buttarti giù
in un burrone buio e arido di menzogne.
L'amore è un'arma letale,
e lo sai anche tu.
L'amore è un mazzo di rose, con i suoi petali dolci
e i suoi profumi morbidi e liberi
che avvolgono il tuo corpo e cullano la tua pelle.
Ma l'amore sono anche le spine pungenti, disposte severamente sul gambo del fiore
che inducono alla sola felicità
nascondendoti il sangue
e il dolore.
Sì, perché non esiste felicità senza sofferenza, perché chi vuole essere felice senza soffrire vivrà infelice tutta la vita.
L'amore è freddo e caldo
bianco e nero
giorno e notte.
L'amore è tutto ciò che desideri, tutto ciò che cerchi,
tutto ciò che ti fa felice.
L'amore sei tu
sono i tuoi occhi.
E guardati allo specchio, guardati sempre.
Guardati in ogni momento, quando ti sentirai solo, quando avrai bisogno di qualcuno,

guardati allo specchio, guarda i tuoi occhi
e amati.
Amati sempre
non smettere mai.
Sì, amati sempre, anche quando apparirai diverso
dal solito,
anche quando i tuoi demoni ti faranno vedere
un'immagine di te sbagliata.
Non prestargli ascolto, le loro malvagie melodie
saranno soltanto una lunga pena per la tua anima
loro si divertono sempre con te,
più soffri
più vivono
più tu vivi
più loro muoiono.
Sai, a volte è davvero dura
ti capisco.
Sentirsi soli e non volerlo essere è difficile da
sopportare.
È difficile accettare di non essere amati, per quanto
amore si possa dare.
È difficile accettare di non essere apprezzati, capiti.
Ma molto spesso accade questo
che tu dai tutto l'amore che hai, ogni pezzo di te
ogni sorriso
e in cambio non ricevi nulla,
e ti senti solo

vuoto.
Vuoto come una promessa
lasciata morire in una stanza buia
dove l'eco delle frustrazioni, delle paure
rimbomba a ritmo di pugni nello stomaco
dentro di te
dove non resta più nulla.
E siamo così tutti,
diciamo che diamo per dare, che non abbiamo bisogno di nulla
e di nessuno
ma quando poi diamo e non riceviamo niente in cambio
ci rimaniamo male.
Ed è umano, questo, lo capisco
negare il bisogno di sentirsi apprezzati, ricambiati.
Negare la voglia di ricevere qualcosa
di sorridere a causa di qualcun altro.
Per questo ti dico
amati.
Raccogli un po' d'amore dagli angoli abbandonati del tuo cuore
e donalo a te stesso
che ne hai bisogno
che te lo meriti,
che se non te ne dai un po', finirai per non averne più,
e senza amore mica si vive per sempre.

Senza amore siamo farfalle senza ali
che strisciano a terra incapaci di volare.
E non lasciar soccombere la tua vita così,
in un mare in tempesta
soltanto per la paura di non saperti apprezzare per ciò
che sei.
Non lasciarti sopraffare dall'inganno dell'insicurezza
per la mancanza di qualcuno che non ti fa sentire
giusto fino in fondo.
Anche a me piacerebbe che qualcuno mi amasse
da morire
anche a me piacerebbe che qualcuno si ricordasse
di me
al mattino appena sveglio
quando non hai voglia di parlare con nessuno
quando non hai voglia di nessun suono
ma della sua voce soltanto
sì.
Sarebbe davvero bello
che quando stai per crollare qualcuno ti salvasse la vita.
Sarebbe bellissimo
che qualcuno ti dicesse sempre che sei perfetto,
che i tuoi sorrisi sono musica per i tramonti
e che i tuoi occhi
sono il mare d'inverno.
Ma sai,
con il tempo ho imparato a farci l'abitudine,

ho dovuto abituarmi a svegliarmi da solo e
ad addormentarmi con un vuoto a fianco a me.
Nessuno che aggiusta il mio cuore quando è a pezzi,
nessun "buongiorno" e nessuna frase dolce soffiata
all'orecchio.
Ho imparato da solo ad amare me stesso
e l'ho fatto quando stavo per esser risucchiato
dal tunnel della disperazione,
quando dai tutto per qualcuno che non ti dà niente
e si porta via ogni cosa di te.
Ho imparato a guardarmi allo specchio e a sorridermi
a prendere il mio cuore tra le mani
accarezzarlo e dirgli sottovoce:
«Se ne andranno tutti, ma io resterò con te».

Ti porto al mare
a fare l'amore.

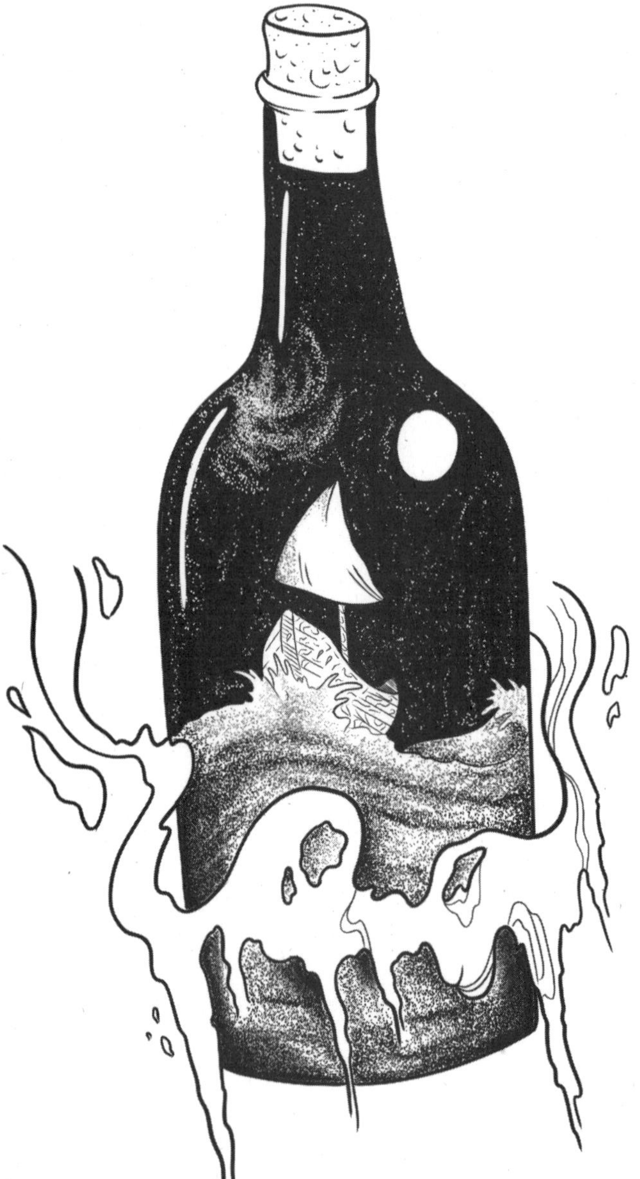

Credi nell'amore?

Tu sai volare

Adesso vorrei soltanto un po' di silenzio attorno a me
dentro me
grazie.
Perché questo chiasso che fanno, le voci di chi vuole
ferirti
disturbano la dolce melodia dell'amore che provo
quando faccio qualcosa con il cuore
e sono felice.
Già, sono felice.
E cosa importa di cosa pensano gli altri?
Dei loro pesi che portano dentro da una vita, che cercano
di gettare sulla tua barca di carta, per farti affondare
insieme a loro.
Hanno paura di te.
E così ti dicono che sei sbagliato.
Soltanto perché loro strisciano nel fango e tu voli
libero nel cielo.
Ti dicono che sei sbagliato, che ciò che fai è sbagliato,
che loro sono meglio.

Vogliono farti credere questo
soltanto perché hanno paura di ciò che sei capace
di fare.
Ignora la cattiveria che si materializza intorno a te,
l'aria fredda e tagliente dei luoghi abbandonati
dove restano gli scarti della speranza
lasciata a morire senza pietà,
tra le foglie secche dell'autunno e le terre bagnate delle
spiagge lontane
dalla felicità.
Lontane dai sorrisi,
quelle persone disperse nella paura
che inneggiano alla tua disfatta, facendoti credere che
il tuo cuore sia marcio,
pieno di difetti
di acque melmose
dove ci affoghi per sempre.
Ignora chi non è in grado di volare
e amaramente maledice il cielo per la sua vastità,
con braccia così grandi, capaci di stringere soltanto
chi varca il confine
tra la terra e le nuvole
tra la paura e l'amore.
E tu stai lì,
tra la paura e l'amore.
Sospeso in bilico su un filo così sottile
che se sbatti le palpebre

per un momento sembra quasi sparire.
Sparire nel nulla.
Resti lì, immobile.
Fermo,
per paura di cadere
nell'infinità, che sotto ai tuoi piedi aspetta soltanto
questo,
per prosciugarti ogni singola energia di speranza.
E noto sul tuo volto
quella triste aria di chi vorrebbe strappare il mondo
in due,
ma non può farlo
perché ha le mani legate
da qualcosa che non gli appartiene,
che lo tiene fermo per paura di sbagliare, di essere
sbagliato.
Noto nei tuoi occhi quella malinconia
di chi ha rinchiuso dentro essi
un mare in tempesta e vorrebbe far naufragare ogni
debolezza,
lasciarla priva di senso
su lidi deserti
di spiagge dimenticate.
Noto sulle tue labbra
secche
della sua assenza,
quella rabbia sporca di sangue

derivata dai morsi della sua mancanza,
dei forti battiti del tuo cuore respinto dal suo.
Noto tutto questo in te,
che vorresti strapparti le paure di dosso, e urlare
al mondo che non sei poi così male.
Che le persone non ti sanno ascoltare e non vogliono
capirti.
Noto che ti piacciono gli arcobaleni dopo le piogge
e i tramonti in riva al mare
con una pizza e un bicchiere d'amore in mano.
Che se mi sorridi
davvero mi fai crollare ogni incertezza
e devi esserne certo di questo, che se hai voglia
di volare
vola via
lontano.
Sei un fiore con le ali,
una farfalla profumata, che libera conquista il cielo
con il suo leggiadro portamento
e quel sorriso nascosto dai colori della vita
che se la fissi sbattere le ali, sorridi un po' anche tu.
E noi tutti dobbiamo essere questo.
Colori della vita.
E sono stanco delle giornate grigie,
di quelle persone spaventate dalla luce, che restano segregate nei loro tunnel di vergogna, di spavento, di
ansia.

La vita è un foglio bianco che scegliamo di colorare
ma vedo che molti non sanno più disegnare.
E saper disegnare non è più roba da tutti
neanche da tanti,
perché pochi sono quelli che sorridono di luce e
tingono qualsiasi angolo del mondo.
E tu cosa stai aspettando?
Nessuno può impedirti di esser te stesso
nessuno può impedirti di esser felice
nessuno può impedirti
di vivere
la tua vita.
Perché alla fine è così: va avanti chi si rialza sempre
e continua a correre.
Chi si rialza e sorride al dolore.
E l'altro giorno, mentre tornavo a casa
lontano da tutti,
lungo una strada distratta e sola,
ho incrociato il tuo sguardo che ha cercato di sfuggire
il mio,
e in poco tempo
ho capito che avevi soltanto bisogno
di te stesso
perché quando cadiamo, l'unica mano che ci rialzerà
sarà soltanto la nostra.
Devi essere giusto per questo.
Felice per tutto.

Ho osservato a lungo chi si piaceva e sminuiva gli altri
e ho visto dentro di lui
che c'era soltanto un enorme prato arido di certezze,
avvolte dal gelo e dalla nebbia.
Perché ciò che appare resta soltanto il velo della verità.
Ciò che abbiamo dentro è la certezza.
Soltanto, devi smettere di avere paura di non
essere giusto
di sentirti sbagliato
e abbandonare i porti affollati
dove i pescatori gettano gli ami
e raccolgono pesci senza gusto, da acque insapori.
Slega il tuo cuore, la tua mente
dà loro la mano e gettati nel vuoto che hai dentro.
Soffrirai di vertigini,
ma sarà bellissimo
e per un attimo ti sembrerà quasi di volare.
Ed è questo che fa, il rumore della felicità
quando prendi a calci i timori di non essere abbastanza
e ti tuffi nella gioia dell'essere te stesso.
Ama la vita.
Ama te stesso.
Non accadrai più.
Sei un treno di sola andata verso il posto lontano
che tutti promettono
che tutti desiderano,
dove tutti vogliono scappare per non tornare più.

E promettilo a te stesso, che da adesso in poi smetterai
di credere ai bugiardi
a chi ti dice che non sei abbastanza e che sei
sbagliato.
Stringiti la mano e promettitelo per sempre.
Che sarai te stesso e sarai felice
con i tuoi pregi e i tuoi difetti.
Perché sarà felice soltanto chi saprà accettarsi
chi saprà guardarsi allo specchio senza socchiudere
gli occhi
e stringere la mente.
E io me ne sono accorto.
Quanto tempo sprechiamo, per colpa della cattiveria
degli altri,
quando cerchiamo di assomigliare a qualcosa per
piacere a qualcuno.
Quando invece sarebbe tutto più magico
senza perdere tempo,
prezioso come un sorriso,
se fossimo tutti un po' meno giusti e più noi stessi.
Scansa le paure
le musiche cattive dei cuori malvagi, insicuri.
Scaccia lo sconforto e abbandona i centri delle città.
Dirigiti lontano, dove resta il silenzio dell'amore
e il calore dei fiori.
Scala la montagna di paura che tu stesso hai innalzato,
raggiungi la cima più alta

e lanciati nel vuoto della tua agonia.
Sarà stupendo scoprire di saper volare,
e poi vola lontano
dove gli altri non sanno arrivare.

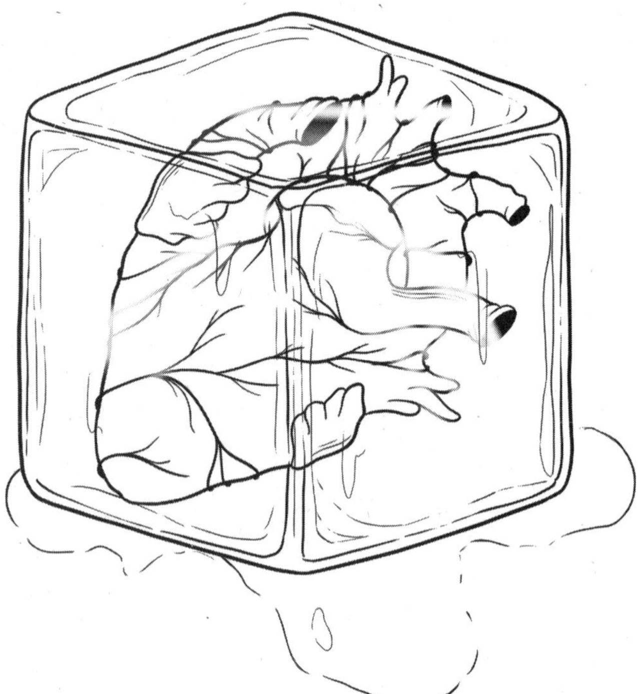

Hai il fuoco sul viso
e il freddo dentro.

Una storia senza fine

L'amore è
smettere di credere in un sorriso
e ritrovare nelle sue labbra
ciò che si pensava
di aver perso per sempre.

Persi il mio sorriso
quando accoltellarono il mio cuore
alle spalle
quando nel buio
soffocarono la mia felicità
la mia fiducia.
E camminai da solo per molto tempo
ma imparai che l'amore è questo:
incontrare sul proprio cammino
qualcuno che si è perso
proprio
come te.

E poi arrivi tu

Inizia così
tra il silenzio dei tuoi passi
e il freddo della tua dannata solitudine,
dove l'abitudine di addormentarti da solo,
di svegliarti senza accanto il profumo di qualcuno
ha ormai abbracciato fortemente la tua vita.
E non ti resta che abbracciarla anche tu.
Stretta forte al petto
quella forza di amarti da solo, di ascoltare musica tra i silenzi
e accarezzare il tuo cuore
che batte al ritmo della malinconia.
E sono giornate qualunque,
in cui ti sembra che nell'aria un profumo di novità
sfiori il tuo volto.
Un odore strano
che poi strano lo sei sempre stato anche tu,
che hai imparato ad amarti da solo, anche a metà

quando un pezzo restava con te e l'altro se lo portava
via lei.
Che hai imparato ad amarti così
senza ali sulle spalle e terreno sotto i piedi,
sospeso a mezz'aria
tra la fantasia e la realtà
dove vivono le mezze misure
dove il grigio è il colore che ti si addice di più.
Quasi che niente stia per arrivare, prepari come ogni
giorno la tua giornata.
Ma come sempre, del resto,
le cose più belle accadono quando meno te lo aspetti,
quando sei distratto dallo sconforto
a credere che nulla di bello esista più.
Ed esiste per tutti, quel momento così strano dove
le domande non hanno più risposte
e ti chiedi perché
se sia stato il destino a volere questo.
Come se qualcuno lo sapesse, che ne hai bisogno
davvero
anche se tu resti in silenzio a fissare il vuoto
e non dici più nulla
e fai finta di non aver bisogno di nessuno
di nient'altro.
Dici sottovoce che sei a posto così
che ce l'hai sempre fatta da solo e che altri occhi
sarebbero soltanto

mari in più da attraversare.
Che poi nessuno ci crede
e ti si legge in volto che menti
come se il tuo viso fosse uno specchio di ciò
che vorresti urlare
ma che tieni chiuso in gabbia dentro di te.
E le tue lacrime, aggrappate ai tuoi occhi
che vorrebbero poter parlare al posto tuo
e chiedere perché:
perché hanno dovuto imparare a piangere in silenzio
la notte
sotto le coperte
quando nessuno li vedeva
e soltanto i ricordi meno distratti
coglievano il gelo che causavano, queste gocce
d'amore.
E non ci crede nessuno, davvero.
Lo sanno tutti che hai imparato a esser forte, ma
non meno solo.
Che quando menti i tuoi occhi raccontano la verità,
la sputano fuori come interrogati al banco d'amore.
Loro non sanno mentire
sono così veri
che se li fissi nel vuoto
ci fai un giro dentro che quasi non ci esci più.
Lo sanno tutti che sei diventato freddo, diffidente
ma che tutto è cambiato, quando è arrivata lei.

Come il sole che torna a risplendere, dopo una
lunga tempesta di pioggia insistente
e il tuo sorriso è esattamente così:
un arcobaleno sotto la tempesta.
E chi se l'aspetta
una cosa così bella, colpirti dolcemente all'improvviso
e lasciare un segno così indelebile
come un tatuaggio che non va più via,
che i tatuaggi li ho sempre amati
e anche lei
l'ho sempre amata.
Mi sono sempre piaciute quelle cose che non
vanno più via,
tatuate sulla pelle e rinchiuse nel cuore,
ti devi abituare all'idea di viverci per sempre insieme
quando un "vattene" non basta più
a cancellare l'inchiostro che ti è entrato dentro
e l'amore che ha inghiottito il tuo cuore.
Ma che ne sapevo,
che sarebbe stata così importante per me
che ne sapevo,
che sarebbe bastato soltanto un momento
per non smettere più
per tutta la vita.

Ricordo ancora la prima sera.
Lei mi fissava di continuo

e io non la degnavo di uno sguardo.
I suoi occhi non mi si toglievano di dosso,
e io restavo impassibile a guardare nel vuoto
come faccio sempre:
fisso il vuoto e ci vedo qualcosa di speciale.
Che se ci ripenso mi chiedo come ho fatto,
lei così bella
così dolce
i suoi capelli erano seta, luminosi.
Tutta la piazza non smetteva di guardarla
in una serata fredda d'estate,
in cui i miei occhi raccontavano il freddo che sente chi
è rimasto solo, sotto la neve, e ha imparato a scaldarsi da solo.
Avevo il fuoco sul viso e il freddo dentro.
E lei come fuoco
ormai mi era dentro.
Talmente tanto da non uscire più,
era in gabbia, e io lo ero di più.
Era il mio cassetto dei sogni aperto alle paure
di non essere in grado di realizzarli,
reali come i suoi sguardi alla mia anima.
Per la prima volta nella mia vita, mi ero sentito legato a qualcosa,
non potevo più scappare
anche se scappare non l'avrei fatto mai
e sarei rimasto per sempre legato a lei

come uno schiavo in preda alla ferocia dell'amore.
E forse l'amore è questo:
due persone sconosciute che si innamorano così,
quando basta uno sguardo
gli occhi si incrociano
e i cuori pure.
È stato l'arrivo più inaspettato,
più dolce
più strano
più meraviglioso.
Una di quelle cose che non ti aspetti,
ma che in qualche modo attendi da una vita.
E l'amore è la cosa più bella,
anche se poi finisce
e tu lo sai che finirà, ma quando lo vivi ti sembra
di vivere davvero,
senti i piedi alzarsi da terra, la tua anima volare via
e il tuo cuore battere forte,
e come batteva
esplodeva.
Lei mi faceva sentire così, un cuore pieno di emozioni,
pieno di battiti,
che quando stavo con lei mi sembrava di sognare
e quando lei non stava tra le mie braccia
mi sembrava di morire.
E sarei morto ogni giorno per lei, che era la mia vita e
la mia morte più dolce,

dolce da leccarsi le labbra dopo ogni bacio
e sentire il sapore dell'amore disteso su esse.
L'amore è una droga,
lo è per davvero.
Ti rilascia dentro una sensazione di felicità
e di felicità noi ne faremmo un'overdose, senza
smettere mai, ogni giorno ci basta esser felici
e l'amore ti fa sentire così
felice
di vivere.
Lei era il mio amore
tutto quello che bastava per farmi sorridere.
Quando mi guardava mi faceva stare bene,
perché guardava solo me e nessun altro,
ed essere l'unico è qualcosa di davvero bello,
non sopportavo l'idea che ci fossero altri occhi
che guardassero i suoi.
Ho sempre avuto paura di perdere qualcosa che
mi rendeva felice,
vederla scivolare via dalle mie braccia
e vederla finire tra quelle di un altro.
Lei era bellissima,
le sue labbra, poi, paradiso
che quando ce le sfioravamo era la fine del mondo,
la pelle d'oca su tutto il corpo,
era un misto di emozioni che facevano l'amore.
Le mie labbra e le sue erano destinate a volersi per sempre,

non riuscivano a stare lontane
si appartenevano.
Come la luna e il cielo
che la notte sembrano abbracciarsi e fare l'amore.
Ci appartenevamo anche noi:
io ero suo, e lei mia soltanto
che nessuno ci avrebbe diviso mai
era una promessa,
anche se poi le promesse non si mantengono mai.
Per un attimo era stata vera.
Come in quei momenti in cui tutto si ferma
si gelano i secondi
le circostanze
i posti
e le parole diventano magia
e le promesse follia,
e lei era la mia follia più grande.
Il tempo trascorso insieme era poesia, la sua voce melodia.
La ascoltavo tutte le notti prima di chiudere gli occhi,
era la ninnananna più dolce
che un bambino come me potesse desiderare.
L'antidoto invincibile contro il veleno
che il mio cuore aveva preso.
I sorrisi che facevamo quando stavamo insieme
erano gioia per le mie tristezze.
Facevamo tutto insieme, e per tutto intendo tutto,

la mia vita era la sua e la sua era la mia.
Che di mio ormai aveva tutto
e di suo io ero tutto.
Bella da morire,
mi faceva impazzire ogni volta che la guardavo,
e lei mi guardava perché le piaceva vedermi morire
per lei,
e io morivo per lei
perché mi piaceva quando lei mi guardava.
Mi aveva sconvolto la vita,
per non parlare del cuore
quello me l'aveva fatto esplodere,
ma di felicità.
Avrei voluto che esplodesse altre cento volte,
se l'esplosione fosse sempre così,
così emozionante
così forte.
Un fiume di piacere interiore,
dove non resta più
lo spazio per la sofferenza,
dove i colori dipingono lo stomaco
e le farfalle volano libere senza morire mai.
E quando le nostre mani si toccavano, sentivo
la mia armatura crollare al suolo
ed era il momento della pace:
la guerra era finita e si faceva l'amore.
Ed era la cosa più bella tra le cose più belle,

eravamo soltanto
io
lei
e la felicità.
Che poi anche per uno come me,
che le persone credono invincibile
che sorride poco e non piange mai,
bastava lei per esser felice,
mi bastava averla con me
e non desideravo più nient'altro,
soltanto lei
lei, lei, lei.
Cosa si può volere di più?
Se poi l'amore ti regala tutto ciò di cui hai bisogno,
tutto quello che mai hai avuto
e che in un attimo ti fa pensare che non serva più altro.
E lei me lo faceva pensare davvero,
che non servisse più altro.
Soltanto lei.
Lei, lei solamente.
Non potevo staccarmi più, anche se lo sapevo, che
prima o poi ci saremmo dovuti salutare,
forse per sempre
forse per poco,
ma non ci pensavo, pensavo a lei, a renderla felice
e mi bastava questo
perché rendere felice lei

rendeva felice me.
Ogni suo sorriso faceva tremare il mondo
e il mio cuore impazziva
per ogni curva delle sue labbra.
Mi hanno sempre fatto impazzire tutte le curve delle donne,
ma mai avrei pensato che in un sorriso
ci fosse la curva più bella, quella che ti manda fuori pista
la più pericolosa
dove lasci tutto quanto.
E in lei l'avevo trovata davvero, la fissavo come uno scemo e il tempo intorno a me si fermava per sempre.
Era lo spiraglio di luce
che entrava nella mia camera buia e dimenticata,
dove nessuna illuminazione
era riuscita a entrare mai.
Stringevo le sue mani e sotto i miei piedi la terra si staccava,
e se alzavo lo sguardo al cielo
sembrava quasi di sfiorare il sole.
Era una sensazione speciale quando stavo con lei,
e avrei voluto che quella meraviglia rimanesse per sempre nella mia vita.
Ogni giorno con lei
era un giorno speciale.
Ed era essere felici ciò che volevamo

e insieme lo eravamo davvero,
ed è stata la felicità più bella che mai mi aspettavo.
Perché se davvero le cose più belle accadono
quando meno te lo aspetti

da adesso in poi
non ti aspetterò più,
così accadrai
ogni volta che farò finta di non aspettarti.

Resta con me fino all'alba
ti porto in un posto bellissimo
a fare l'amore
e poi non ce ne andiamo più
mai più.

Con te

Sorgeva il sole
ogni mattina,
ma l'alba più bella era dentro di me,
quando mi svegliavo,
e averti accanto era magia.
Che la mia vita e la tua avrebbero camminato insieme
per tutta la vita,
così si erano dette
a bassa voce in riva al mare,
le avevo sentite io, mentre facevano l'amore.
Era magia averti nei sogni
e averti anche a occhi aperti,
quando gli altri ti sognavano e io potevo averti davvero.
E amarsi forte non è roba da tutti,
neanche da tanti.
Amarsi fino a farsi scoppiare

è roba che soltanto con te sono stato capace di fare,
perché tu mi hai insegnato ad amare
ancor prima di essere amato.
Mi hai insegnato che provocare un sorriso vale più
di sorridere,
che essere il motivo della felicità
rende già felici così.
Ma che ne sanno,
quelli che mentre guardano il cielo, non osservano
le nuvole
e non passano il tempo con il loro amore
a dare identità a ogni forma di esse.
E tu ci vedevi sempre qualcosa di bello
un fiore
un cuore
l'amore.
Mi stringevi le mani fredde,
sorridevi
e aprivi la mia anima a ogni splendida fantasia.
Ma gli altri non lo sanno,
perché se tu mi hai salvato è grazie a questo,
è grazie alla semplicità che ti contraddistingueva da
chi cercava di essere speciale,
tu eri speciale così,
ti bastava esser te stessa
per far invidia al mondo.

E cose complicate non le abbiamo fatte mai
non ci serviva niente di grande, perché grandi già
eravamo noi
e ci bastava.
Ed era bastarsi, il segreto
perché l'amore è fame, e la fame va saziata
e tu eri il mio cibo preferito in un mare di scelte,
che tra le onde affogavo ogni volta che nuotavo verso
di te.
Tra le acque gelide della paura di perderti
che cercavano di sommergere il mio cuore
che forte
lottava contro le tempeste
pur di arrivare al tuo.
Ma tu eri sempre lì,
pronta a tenermi la mano
quando i miei demoni tornavano a galla dagli abissi
per portarmi di nuovo a fondo.
Ma tu non avevi paura
perché non sapevi – e non sapere spesso ti dona
il coraggio giusto,
ingenuità, oserei dire –
che a volte va bene così.
E tra di noi andava bene così,
io folle
tu ingenua
che mi salvavi sempre dalle mie follie,

con la tua innocenza.
«Non avere paura» mi dicevi sempre, «ci sono io
con te.»
E io tremavo come un bambino,
perché sono sempre stato abbandonato
e faceva paura soltanto l'idea di dover rinunciare anche
a te.
A te che eri tutto
a te che eri stata capace di entrarmi dentro, che non ce
l'aveva fatta nessuno.
Ma tu eri speciale e ci sapevi fare con me.
Mi accarezzavi nel buio delle mie incertezze, e nel
silenzio delle mie paure
mi dicevi che mi amavi.
«Ti amo.»
Ma che cos'è l'amore?
Ho vomitato risposte
nelle notti in cui mi chiedevo che cosa fosse,
quando interrogavo con mille domande la mia mente,
che prendeva a calci il mio cuore
minacciandolo di morte se non le avesse detto la verità.
Ma lui piangeva
mentre lei rideva divertita.
Il mio cuore non sapeva nulla, era innamorato
e si è sempre preso la colpa di qualcosa che non lo
riguardava.
Amare era il suo compito

ed è bastata una carezza fatta bene,
per farlo innamorare.
La mia mente era malata
di te.
Si era ingelosita del mio cuore, che ti apparteneva
e voleva rovinare tutto, voleva farlo stare male
voleva vederlo soffrire,
ma bastavi tu
per mettere fine a tutto quanto.
I miei occhi luccicavano quando incrociavano i tuoi
e cuore e mente facevano pace,
bastavi tu
a far cessare la pioggia
a far tornare il sole.
Eri la calma,
la pace dopo la guerra.
E senza di te non ce l'avrei fatta mai a uscirne vincitore,
perché ogni soldato che vale il suo onore
ha un motivo per tornare a casa sano e salvo, vittorioso.
E tu eri il mio,
eri la mia battaglia
e un motivo per rischiare di morire.
E mi bastava pensarti per non crollare al suolo, per
salvarmi contro tutto e tutti,
anche se a salvarmi eri tu
che senza saperlo mi donavi la forza, il coraggio
per farcela sempre.

Eri l'arcobaleno
il tramonto in riva al mare
il mio paradiso dopo la morte.
Tutto ciò che riesce a colorare uno sfondo nero,
eri la ragione dei miei sorrisi,
la salvezza delle mie distrazioni.
Ed eri sempre dolce con me, anche quando non lo meritavo.
Sì, perché io sbagliavo tanto
ero troppo innamorato del resto
e l'amore, si sa, combina guai.
Ma tu avevi pazienza, eri dolce, sempre gentile.
Sapevi
che io ero folle
e che la mia vita era a bordo di un mezzo senza freni
e che spesso sarei finito a sbattere contro i miei errori.
Ma nonostante la mia incapacità di essere giusto,
mi tendevi la mano e mi facevi sentire al sicuro.
Mi dicevi che io ti proteggevo, che ti facevo sentire piccola,
che il mio sorriso era la tua àncora di salvezza
riposta in un cuore pieno di lacrime
che non parlava mai,
che navigava in silenzio tra mari di sconforto.
Perché tu eri così,
non parlavi mai con nessuno,
ti piaceva tenere tutto dentro,

ti piaceva tenermi dentro.
Eri quella ragazza con gli occhi di ghiaccio
che camminava sempre da sola con un paio
di cuffie
e la musica come unica amica.
Che avevi trovato in me
la persona che aspettavi da una vita,
che ti avrebbe amato per sempre,
che avrebbe amato sempre
i tuoi difetti.
Io lo so, lo sapevo.
Ho sempre fatto finta di niente
ma lo sapevo
che tenevi tutto dentro per nasconderti, perché
avevi paura,
paura che rivelarti sarebbe stata la fine.
Posare le tue armature al suolo
ti è sempre stato fatale,
e così
con il tempo
hai imparato a essere fredda, diffidente.
Ma con me non avevi timore di essere te stessa,
ti spogliavi della tua insicurezza
e ti mostravi in tutta la tua dolce sensibilità.
E guardarti nuda delle tue paure
era la cosa più bella al mondo.
E l'amore è questo:

amarsi per ciò che si è, senza paura di non essere
abbastanza.
E tu per me eri abbastanza in ogni cosa che facevi
eri il tempo che avrei voluto dedicare alla mia vita,
a ogni mio secondo
a ogni mio sorriso.
Eri le parole che non avrei detto a nessuno mai,
i baci sul collo fino a perdere il fiato,
e i «ti amo» sussurrati
con un filo di voce
che legavano il mio cuore
per sempre
al tuo.
«Per sempre.»
Ci eravamo promessi questo
sotto la pioggia, con le lacrime mischiate alle gocce
di paura che cadevano dal cielo,
innocui come bambini
che non conoscevano l'amore
e che senza conoscerlo
si amavano.
Ti amavo alla follia,
avrei fatto qualsiasi cosa per vederti felice
e tu mi hai reso felice con ogni tuo sorriso,
che era il dipinto più bello del nostro amore,
la certezza che anche alla fine
non l'avrei scordato mai.

Ed eravamo diversi, con la stessa paura di perderci,
ma la vita ci aveva fatto incontrare
nello stesso angolo della terra
nello stesso nascondiglio,
dove io ti avrei accettata
e tu non mi avresti abbandonato.
Ti amavo
per tutto ciò che eri
e amavo soprattutto i tuoi difetti,
ci facevo sempre l'amore con loro
e loro con me.
Ma tu avevi paura, e io avevo paura
e ti dicevo che in due il buio fa meno paura,
quando trovi, negli occhi dell'altro, la luce che ti stringe le mani e ti porta in paradiso.
E continuavamo a camminare vicini, mano per mano.
Cadevamo insieme e insieme ci rialzavamo,
sempre più forti
sempre più innamorati.
Perché la vita è dura
e l'amore come lei ti fa crescere tanto
e noi insieme abbiamo scoperto di poter essere grandi
grandi da far invidia al mondo
e piccoli da non smettere di amare mai.
Era tutto bello con te
anche avere paura,

perché le tue mani che stringevano le mie mi facevano sentire meno solo,
erano la fune lanciata per salvarmi, nel mio tunnel nero dell'abbandono.
Era tutto bello con te, era tutto bello di te:
il tuo modo di sorridere
il tuo nasino all'insù
i tuoi occhioni azzurri
le tue labbra
le faccine buffe che facevi quando eri imbarazzata
la tua risata, che era melodia per il mio cuore.
La tua camminata
il tuo profumo
i tuoi capelli
il tuo stringerti forte a me quando avevi paura
il tuo accarezzarmi le labbra
e le giornate quando il sole non tramontava mai
e si faceva l'amore
perché tu mi amavi
e io ti amavo.
Non avrei mai smesso di farlo,
amarti per tutta la vita
sarebbe stato speciale, in un mondo meno speciale,
dove l'amore trionfa, si sa.
Ma quando non trionfa fa un po' più male.
«Non avere paura» mi dicevi. «Ci sono io con te adesso.»

E avrei voluto, per sempre, sentire queste parole.
Ma non promesse per sempre,
promesse ogni giorno.
«A domani» detto ogni sera prima di dormire
è come un «Ci vediamo per sempre».

Per sempre?

Una farfalla vola,
e non ha paura
di morire.

Le cose che non ti ho detto mai

Vorrei spostare la lancetta del mio orologio
e riportare il tempo
a quando viversi era l'unico pensiero
a quando per vederti sorridere di più
bastavo io.
Ma mi accorgo che il tempo è diventato mio nemico,
che prima mi faceva sentire felice
speciale
e adesso mi toglie il fiato ogni secondo che respiro.
Vorrei poter dimenticare lo sconforto e viverti di più,
senza l'ansia che mi mangia lo stomaco
e la paura che si nutre del mio cuore.
Vorrei.
Vorrei mille cose:
una lacrima in meno e un sorriso in più,
il tuo.
Ma forse è giusto così,
non siamo capaci di viverci, di tenerci stretti davvero

e lasciamo che nel tempo l'amore smetta di esistere,
come noi,
stupidi umani
che si fanno soltanto del male.
E vorrei per un attimo fermare il mondo,
i fiumi, le piogge, i treni, le persone.
Vorrei fermare tutto e lasciare accesa l'unica cosa che
ci tiene ancora vicini,
il battito del nostro cuore,
quando le nostre labbra si abbracciano e non si
lasciano più
e le nostre anime camminano insieme
nel viaggio dell'amore.
Vorrei uccidere il mio orgoglio e avere un'altra
occasione
per dirti tutto ciò che non ti ho detto mai,
a te che sei bella da morire,
che hai ucciso ogni mio coraggio,
ogni mia follia.
E io davanti ai tuoi occhi non sono stato
capace mai,
di sputare fuori tutto ciò che ti avrebbe reso felice,
tutto ciò che forse ti saresti meritata davvero e che
avrei voluto dirti
da sempre
per sempre.
Non sono stato capace mai

di affrontare le mie paure e dirti che ti amavo
da impazzire,
che senza di te ce l'avrei fatta lo stesso
perché tutti impariamo a farcela da soli,
ma che con te sarebbe stato tutto più bello,
meno triste
meno buio.
E poi arriva
quel momento in cui gli alberi restano spogli
e suonare una dolce melodia non basta più,
per riportare le foglie a quando erano verdi
e profumate di libertà.
Quel momento in cui dirti tutto ciò che non ti ho
detto mai,
non basta più.
Quando dirti che senza di te
avrei perso un pezzo del mio cuore,
non serve più
a riportare il sole nel cielo e il tuo sorriso dentro di me.
Non basta più.
Quando bastarsi era tutto
e non bastarsi più
non ti lascia niente.
E resta soltanto un pezzo di carta, un pezzo di me,
di te.
Una penna, dell'inchiostro e qualche lacrima salata
che brucia le ferite e rimargina i pensieri.

Resta soltanto il silenzio e un filo di musica leggera,
per dirti tutto ciò che non ti ho detto mai,
quando il tuo sguardo mi gelava le parole e il tuo
profumo annullava la mia forza.
Forse perché a noi umani basta così,
stare vicini, e poi non conta più nulla.
Non contano più le paure
gli errori
che potrebbero distruggere tutto l'amore che abbiamo
e che lasceranno soltanto ricordi
che non basteranno più
per viversi di nuovo.
E io avevo paura, paura di perderti.
Paura che tutto sarebbe finito e che io sarei finito
insieme a lui.
Paura che il mio sorriso non ti sarebbe bastato più
e che avresti trovato negli occhi di qualcun altro
il mare in cui affogare per sempre.
E queste cose non te le ho dette mai,
e adesso che non mi resta più niente,
voglio vomitare dal cuore tutto l'amore che ho chiuso
a chiave da tempo.
Voglio dirti che
non mi era mai bastato un attimo per innamorarmi,
prima di incontrare i tuoi occhi,
quegli occhi dolci e freddi
dove i miei hanno scelto di vivere senza paura.

È bastato un attimo soltanto
per non smettere più per tutta la vita.
E voglio dirti che le tue labbra,
i tuoi capelli
le tue mani
la tua voce
erano tutto ciò che mi faceva volare libero nel cielo.
E non so neanche io spiegarmi come mai
una persona possa farti conoscere il paradiso
e poi strapparti le ali
quando raggiungi il punto più alto del cielo.
E con te la parte più alta del cielo l'ho toccata
davvero,
ho sbattuto la mia faccia contro le fiamme del sole
e ho sentito quanto è duro e doloroso
sfregare il cuore tra le nuvole
dopo averlo bruciato.
Sono carezze forti come pugni,
e il sangue bagna le mani e asciuga il rumore
della tua disperazione.
Abbracci maledetti,
come le promesse che bruciano nello spazio,
tra il coraggio e la paura,
la certezza e il dubbio
di come sarebbe stato se non avessimo avuto paura,
se tutte le cose che avrei voluto dirti
te le avessi dette davvero.

E sono state le cose che non ti ho detto mai a farci
del male,
le cose che non ho fatto mai per paura di sbagliare o
di non essere abbastanza,
già, perché questa paura di essere soltanto una goccia
in mezzo all'oceano,
ha fatto di me una macchia d'inchiostro su un foglio
bianco,
così evidentemente sbagliata
diversa.
Ho sporcato la tua vita
da non pulirla mai più.
Ho colorato fuori dai margini che ci tenevano giusti
e ho fatto delle regole
una libertà,
uno spazio infinito dove poter volare via
lontano
con te.
E avrei voluto farti sentire meno sbagliata,
e voglio dirtelo adesso
che tu eri troppo giusta per uno come me,
per uno che la notte, quando gli altri cuori dormono,
vive.
Forse
l'amore a volte finisce
per ricordarci quanto esista davvero.
Perché quando lui vive forte,

non ce ne accorgiamo mai,
di quanto grandi siano le sue braccia che ci stringono
al suo petto.
È come quella frase che dice:
"Non tutto il male viene per nuocere".
A volte il male
il dolore
vengono a noi soltanto per ricordarci che siamo vivi,
perché il dolore ci uccide
prende a schiaffi il nostro cuore e poi ci rialza in piedi.
E vorrei dirti adesso che avrei voluto soffrire di più
e averti ancora accanto a me.
Che il dolore non è nulla
in confronto al vuoto che ti lascia la mancanza
di qualcuno che sai
che avresti potuto avere ancora al tuo fianco.
Al silenzio che resta,
alla dannata disperazione dei rimpianti,
delle cose non dette
e delle cose non fatte.
Delle parole lasciate piegate e chiuse nel cassetto,
che adesso brucerei senza pensarci più,
perché la loro eco mi manda fuori di testa,
ma mai fuori di testa quanto lo facevi tu
che in un sorriso
avevi l'arma
che uccideva tutto di me.

Vorrei davvero dirti mille cose,
dirti che siamo stati speciali in un mondo meno
speciale,
che sei stata la cosa più bella che mi ha fatto più male,
che mi hai fatto conoscere
il coraggio
la paura
il dolore
la felicità
la disperazione
la forza
l'amore.
Sì, tu mi hai fatto conoscere l'amore
e se una cosa finisce non significa che non sia mai
esistita.
Spesso noi viviamo così:
vogliamo dimenticare le cose che hanno smesso
di esistere,
che hanno cessato di essere,
soltanto perché noi umani abbiamo paura delle cose
che non ci appartengono più,
di quelle che non fanno più parte di noi
che non hanno freni.
L'amore è una bestia indomabile
e noi non siamo domatori
delle emozioni che ci strappano l'anima e ci baciano
la pelle.

E tu
mi hai strappato tutto,
l'anima
la pelle
il cuore.
E strappameli altre cento volte,
voglio sentirmi ancora vivo
e voglio che a farmi sentire ancora vivo
sia tu.
Ma questo volere non ha più la forza per esaudire i desideri,
e resta soltanto un fuoco spento
con le ceneri dei ricordi
che sarebbero potuti essere fiamme ardenti,
ma che hanno deciso di spegnersi per sempre.
E vorrei dirti che sarebbe ancora bello
stringerti al mio petto
e dirti che ti amo da impazzire.
Dirti che il mare di cose che ci dividono
lo attraverserei a nuoto senza respirare mai.
Dirti che mi mancano i tuoi sorrisi e il suono felice che faceva la tua voce.
Non basta più dirselo
non basta più ricordarsi,
basterebbe soltanto tornare indietro e riviversi,
ma tornare indietro non si può fare più,
e quindi addio,

per colpa delle cose che non ti ho detto mai,
che non ci siamo detti mai.
Addio
per colpa dei silenzi
a cui abbiamo lasciato la forza di bruciarci lentamente,
mentre i nostri cuori si stringevano per sempre
con la paura
di chi sa che il fuoco scioglie anche emozioni di
ghiaccio.

E adesso ricordami così,
come quel pensiero folle che vola libero nel cielo,
che ha soltanto sprecato il coraggio
per paura di non essere abbastanza.
Che per paura di perderti per sempre,
ti ha perso da sempre.
Addio,
come due mani che non hanno saputo stringersi forte,
che hanno lasciato scivolare nel vuoto
due cuori che si sarebbero amati
da impazzire.

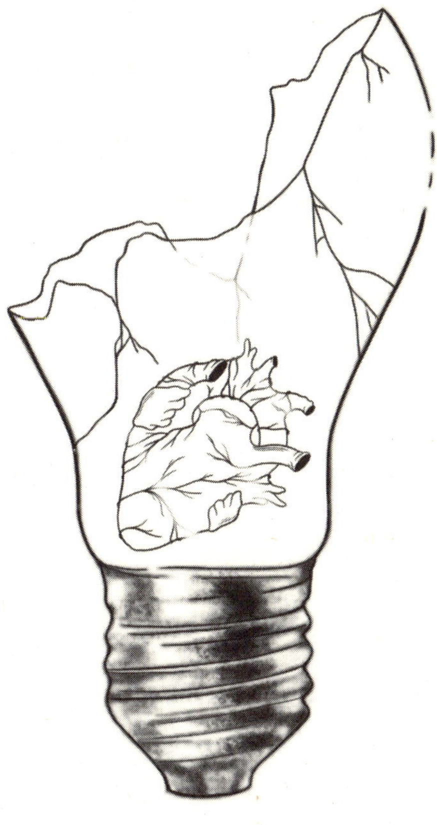

Se soltanto te l'avessi detto più forte.
Ti stringerei
ancora
per sempre.

Se potessi tornare indietro, glielo diresti?

Hai negli occhi
un mare
in tempesta.

Anche le cose belle finiscono

Arriva l'inverno,
lo senti camminare tra il vento
e l'aria dolce dell'estate cambia colore
e in silenzio, sempre più fredda,
ti dichiara che è il momento.
Non te lo dice,
te lo lascia immaginare.
Quando chiudi gli occhi e intorno a te tutto è nero
e un brivido ti sfiora la pelle
ti sfiora il cuore.
E tu ci metti poco
a capire che è la fine, che le foglie quando cadono non
si rialzano più.
E, in fondo,
anche le cose belle finiscono,
come i sorrisi che non sono infiniti,
ma che quando smettono di esistere fanno un po'
male.

Sei consapevole che il sole sbiadirà nel cielo
e che la pioggia bagnerà i suoi raggi fino a farli
scomparire,
che la nebbia si impossesserà della tua anima
e la neve ghiaccerà il tuo cuore.
Ma non te lo aspetti mai che toccherà anche a te,
e io che ne sapevo che sarebbe toccato
a noi.
Ci speravo, più che altro,
che il freddo non calasse mai sul nostro amore
e che il sole continuasse a scaldare il nostro cielo.
Credevo e speravo
che il nostro fosse un amore invincibile,
uno di quegli amori che non finiscono mai anche
quando finiscono,
come quei fuochi che faticano a spegnersi
e che poi continuano a scaldare.
Che senza di te non avrei mai vissuto felice
e tu senza di me non avresti sorriso più così tanto.
Ci speravo.
Io folle, tu ingenua,
a ruoli invertiti,
dove un folle ha davvero creduto al "per sempre"
e un'ingenua ha saputo resistergli.
Io folle, troppo folle,
che ho creduto alle tue parole
che erano droga per me, un'ipnosi.

Folle a tal punto da affidare il mio cuore alle tue mani,
che ne hanno fatto una dolce poesia scritta su un vecchio
foglio di carta,
bruciato nel fuoco quando ormai non serviva più.
Folle da credere al "per sempre"
che mi aveva sussurrato dolcemente – le parole
più belle –
e illuso verso la trappola
come un predatore fa con la sua preda.
E io
ero in preda all'amore,
al tuo cuore.
Ero stretto forte da una dolce morsa d'amore,
tra una gelida carezza e un delicato addio,
mi sentivo perso nel buio della stanza di casa mia.
Come se avessi perso la strada che percorrevo ogni
mattina,
svoltando nella via più sicura
e ogni giorno coccolava la mia metà mancante,
quella che mi faceva sentire in difetto
quasi svuotato.
Ero soltanto una stupida barca di carta
in mezzo al mare,
che si sarebbe sciolta
corrosa dal sale.
Ma non era mai la fine per me,
ogni fine era un aspettare la fine.

Perché per me non era mai finita, il tuo addio era un
«Ci vediamo domani».
Questo era quello che credevo io,
anche se in cuor mio lo sapevo, ma non potevo
ammettere al mio cuore
che era finita,
lui avrebbe sofferto troppo
e non lo meritava.
Ha sempre ricevuto coltellate nella sua parte più
debole,
quando voltato di spalle
credeva di potersi fidare,
come con te
quando ti ha regalato la sua fiducia in un mazzo di rose.
Ma i nostri baci erano spenti
freddi come la neve
e le nostre labbra non si guardavano più,
le tue non cercavano più le mie
che morivano dalla voglia di fare l'amore, di stringere
forte le tue
e urlare al mondo che si appartenevano ancora.
Si sono sempre amate da impazzire
dal primo giorno che si sono sfiorate,
non hanno voluto smettere più.
Non volevo crederci.
E tu mi dicevi di andare via,
che non avremmo più camminato insieme

riso insieme
guardato i tramonti insieme
e amato
insieme.
Ma io morivo
soltanto al pensiero di non poterti più avere per me
ed ero egoista, lo so.
Come un bambino.
Era quasi possessivo,
ma tu mi possedevi,
l'angelo più bello che ha tradito il mio amore
e che, dalla stella più luminosa, mi ha portato
all'inferno.
Bruciavo ogni volta che pensavo al tuo viso
dolce
innocente
che mi aveva fatto innamorare.
Eravamo malinconia,
due mani strette che si tenevano forte per paura di
cadere,
avevamo paura.
«Non mollare la presa» ti dicevo, ma tu sapevi che tener
duro sarebbe stato impossibile, che a volte fa più male
restare,
e che soltanto mollare la presa ti avrebbe fatto vivere
di nuovo.
Eravamo malinconia,

parole che urlavano al vento tutti i loro ricordi,
che danzavano sotto la pioggia
accarezzandosi i visi
e mischiando le lacrime all'acqua che cadeva dal cielo.
Ma io che ne sapevo
che ti avevo legata così forte a me, talmente forte da
non farti più respirare.
E che volevi soltanto scappare lontano
dove l'aria era libertà
e i ricordi di me pugnali nel cuore.
E piangevi forte perché mi amavi
e le tue lacrime erano ghiaccio, le mie fuoco,
le tue non cadevano e facevano rumore, le mie
scottavano il viso
che piangeva per te
perché aveva bisogno di te
di noi.
Per troppo tempo sei stata forte
e lo sono stato anche io.
Tu che volevi scappare ma restavi per me, perché non
sopportavi l'idea di vedermi soffrire per te.
E io che volevo morire,
ma che vivevo per me.
In passato avevo imparato ad amarmi da solo,
anche se tu mi avevi fatto dimenticare
cosa volesse dire
non essere amati.

Stretti forte, salvati dalle fiamme
e poi gettati senza ali verso il fiume ardente di lacrime.
Ti avevo amato tanto, e forse tu un po' meno,
ma non importava
anche se il sole e la luna non si amano allo stesso modo,
lui resta tutto il giorno a splendere nel cielo,
ad aspettare che lei lo raggiunga.
Ma spesse volte
è proprio quando lui se ne va
che lei arriva.
E io non volevo andarmene mai, non volevo smettere
di splendere nella tua vita
per paura che tu arrivassi
quando io me ne sarei andato.
Restavo con lo stomaco stretto e il cuore aggrappato
alla speranza,
dove la mia speranza
eri tu.
E l'amore mi stava facendo male, come sempre del
resto,
mi strappava tutte le emozioni e le gettava via,
via per sempre.
Non era più una dolce rosa profumata, che ti ferisce
lievemente con le sue piccole spine,
era un coltello affilato
infilato nel mio cuore
nella mia anima.

Mi chiedevo: “Come sarà senza di lei?”.
E cadevo nella disperazione, perché non credevo a una vita senza di te
perché tu eri la mia vita,
lo eri ormai da troppo tempo
e al solo pensiero di allontanarci per sempre, sentivo le gambe crollare
e il cuore fermarsi
con i miei demoni che ridevano di gusto.
Avevano vinto ancora loro, per l’ennesima volta.
La notte mi divoravano l’anima
mentre il mio pensiero desiderava il tuo,
che mi diceva di smetterla
di chiudere gli occhi e non pensarci più.
Ma tu non sapevi quanto cattivi erano loro, che mi sorridevano nel buio
e mi dicevano:
«È finita».
Ed erano felici che tu non ci saresti più stata,
perché loro erano più forti
senza di te.
Loro più forti e io un po’ di meno,
ma ce la facevo sempre,
lottavo da solo tra le lenzuola bagnate dai miei pensieri
che erano incubi a occhi aperti,
macerie dove il cuore non respirava più.
Forse non avrei mai dovuto credere al “per sempre”,

alle tue parole, soprattutto,
che come dolci illusioni, in silenzio,
si sono impossessate della parte più fragile di me
che ci ha messo poco a sgretolarsi, quando la verità ha soffiato aria fredda sulla mia pelle.
E se l'amore è un gioco
adesso non voglio giocarci più.
Perché perdere fa davvero male,
perdi tutto quello che ti faceva sorridere un po' di più
e soffrire un po' di meno.
Perdo il mondo intorno a me,
perdo te.
E perderti era l'ultima cosa che avrei desiderato,
l'ultima cosa che finisce la partita
il finale infelice per uno come me, che ha sempre fatto i conti con l'infelicità
e che aveva trovato in te
l'àncora della salvezza
dalle creature mostruose che ci ricordano che la fine esiste per tutti.
E il tuo amaro sorriso
aveva la faccia di colui che ti odia da morire,
di quella cosa che ti farà sparire nel nulla
dove marcirai lontano dai tramonti
dalle stelle
dai mari.
Lontano da te,

dove ormai cercarti era una follia
e trovarti
sarebbe stata magia.
Quella magia che non esisteva più
quando i baci erano secchi e gli occhi distratti non si cercavano più.
Ed era nel buio della mia stanza
che ogni notte mi venivi a trovare,
quando i cuori erano accesi e il mondo era spento.
Soltanto in quei momenti ti potevo ancora sfiorare,
averti tra le mie braccia e soffiare via i ricordi.
E chi l'avrebbe mai detto, mai pensato,
che l'amore prende il tuo cuore per i capelli e lo bacia fino a farlo impazzire
e poi senza dirti niente va via.
L'amore
è più forte di tutto
di tutti.
Non esiste uomo in grado di resistergli
perché se lui decide che è arrivato il momento,
viene a cercare il tuo cuore
e si porta via tutto.
E cosa ti resta?
Soltanto il coraggio di combattere la paura,
che quando perdi la ragione e inizi a respirare dal cuore
potresti chiudere gli occhi,
riaprirli

e non avere più nulla.
E con te è stato così.
Mi hai fatto chiudere gli occhi e vivere in un sogno,
riaprirli e trovarmi all'inferno.
E forse non avrei mai dovuto credere alle tue parole
e nemmeno al tuo "per sempre".
Non avrei mai dovuto,
ma che ne sapevo io
che la cosa più bella mi avrebbe fatto più male
che nello zucchero delle tue parole
si nascondeva il veleno che mi avrebbe ucciso
lentamente,
come il morso di un serpente
come la puntura di una spina di una rosa
avvelenata.
Ero un'anima libera
rinchiusa tra le sbarre del dolore,
abbandonata alla solitudine e alla disperazione,
senza la mia chiave
che eri tu.
E non c'eri più a tenermi sollevato
mentre cadevo lentamente nel vuoto
che viveva dentro di me.
Te ne eri andata
questa volta per sempre.
Non era più un "Ci vediamo domani",
era davvero un addio.

E mentre cadevo, urlavo senza voce che mi mancavi
da morire.
Ma tu urlavi tappandoti le orecchie del cuore,
era la fine.
Mi spezzavi il respiro
e sorridendo mi dicevi:
«Finisce il mare, figuriamoci l'amore».

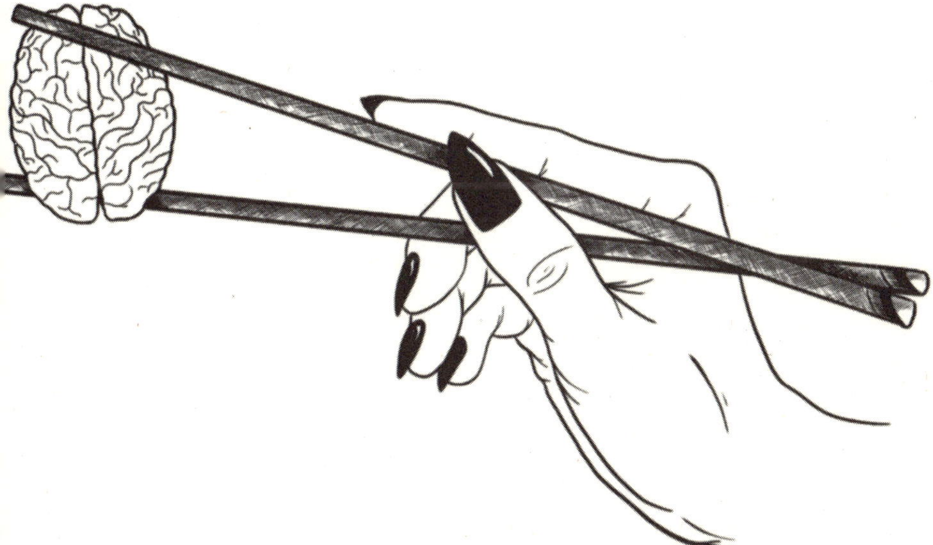

Noi umani non siamo in grado di accettare la fine.
Ci piace tutto ciò
che non smette di esistere mai.
O, forse, soltanto ciò che smette
a causa nostra.
Perché quando qualcosa finisce
contro il nostro volere,
diventa la cosa che vogliamo,
da impazzire.

E da quando te ne sei andata
ti ho voluto un po' di più.

Ti manca?

Ci sono panorami che tolgono il fiato
che lo toglierebbero un po' di più
se ci fossi tu
a guardarli insieme a me.

Dentro è buio

E come si fa
a rialzarsi ancora dopo l'ennesima caduta?
Quando le tue mani sono legate
dalla paura di non essere in grado di superare questa
dura prova.
Perché la vita è una prova da superare continuamente
e l'amore è una delle tante,
quando cadi forte per imparare a rialzarti.
Anche se, a dire il vero,
ero stanco di cadere per poi rialzarmi:
era diventato un rialzarmi per cadere di nuovo
e volevo dire basta, basta a tutto quanto,
che tutto quanto per me era lei
e volevo dire basta a lei,
che mi era dentro come il seme di un frutto marcio,
incastrata tra il bisogno e l'orgoglio
quando la paura di esser niente senza di lei

combatteva contro la voglia di essere lo stesso
abbastanza.
E la sua assenza
la notte picchiava forte contro le pareti fredde del mio
cuore,
le sue ombre vagavano tra la casa della mia mente,
abbandonata all'idea di non essere soddisfacente senza
il suo sorriso.
Quando basta uno sguardo per perdersi
e non ne bastano più altri
per ritrovarsi.
E mi domandavo, nelle notti in cui non dormivo
e la pensavo:
"Ma l'amore è bisogno o desiderio?".
Sapevo soltanto che chi se ne va non ama abbastanza,
e lei non aveva saputo resistere nella vita di un folle
perché non era abbastanza innamorata da fare follie.
Follie
che io per lei avrei fatto per sempre.
E sospirava, il mio cuore
con le frecce infilzate nel petto,
accettando che l'amore molte volte finisce
quando ci si ama talmente tanto da perdere il controllo.
Ma faceva male anche a uno come me,
che ce l'aveva sempre fatta nella vita
a vivere,
urlando forte al mondo

che sorridere senza di lei sarebbe stato davvero
difficile,
ma che in qualche modo avrebbe trovato un motivo
per farlo ancora.
Già, perché noi tutti sosteniamo che la felicità dipenda
da noi
e poi
incoerenti come l'amore
dipendiamo tutti dalle labbra di qualcuno.
Perché ci sono occhi
che se li guardi ci fai un giro dentro,
e sembra di farci il giro del mondo
e così ti perdi per sempre.
E lei aveva scelto di farmi perdere il sorriso,
di rendermi triste
anche se io non volevo che fosse così, non mi è mai
piaciuto dipendere da qualcuno,
ma con lei era così
e non potevo farci nulla.
Bastava che le sue labbra si curvassero all'insù
per farmi soffrire,
le stesse labbra che un tempo mi facevano stare bene.
E forse le circostanze
hanno deciso che gli effetti si capovolgessero del tutto,
che i tramonti fossero per quelli che non guardano il
cielo
e che i baci sotto i riflessi del sole

rimanessero baci
sotto i riflessi dei ricordi.
Intorno a me tutto era buio
e faceva freddo, tanto freddo.
Le giornate sembravano non finire mai
e le notti mi spaventavano sempre più.
Sì, perché la notte porta con sé sempre qualcosa di strano
e per ucciderla devi fare l'amore,
ma io l'amore non l'avevo più
e tra le lenzuola piangevo sangue dal cuore.
La notte era cattiva,
non voleva andarsene più,
mi soffiava addosso tutte le sue verità
e in silenzio mi accarezzava sul viso tenendo stretto il mio cuore tra le sue mani.
Faceva freddo dentro di me,
mancavi tu,
ma tu non lo sapevi,
non sapevi come stavo io senza di te,
non sapevi cosa significava
voler ancora sfiorare le labbra di qualcuno
e poterle soltanto ricordare nella mente.
Non sapevi cosa voleva dire,
respirare forte con il cuscino stretto sul viso
fino a ricordare il profumo di qualcuno che vive lontano,

che ha scelto di andarsene e cancellare tutto.
E tu mi avevi cancellato,
come una frase sbagliata scritta a matita
con una gomma decisa che si porta via tutto,
di me
non era rimasto più nulla
e di te
era rimasta ogni cosa.
Come un tatuaggio indelebile sulla pelle
non andavi più via
e ogni volta che lo guardavo, una lacrima scendeva
sul mio viso
e di nascosto mi asciugavo le mancanze
con le mani sporche del tuo profumo
ed era doloroso come sfiorare una ferita con un coltello
macchiato del tuo ricordo,
perché le carezze sui tagli ancora aperti
fanno più male.
E chissà per quanto ancora,
avrei dovuto respirare il tuo odore,
che mi entrava nei polmoni
pronto a divorare ogni cosa
e il mio cuore all'impatto con lui,
moriva di colpo.
Svegliarmi al mattino non era più come prima,
quando in un sogno ci riservi tutta la tua felicità
e poi aprire gli occhi

svela ogni realtà.
Che i baci si perdono nell'aria e le parole bruciano tra
la neve,
e l'assenza di chi prometteva di restare per sempre
resta per sempre rumorosa nel silenzio
di una stanza vuota.
Mi facevi sentire come un puntino luminoso che brilla
sbiaditamente
in cielo.
Bastava la tua assenza per annullare ogni altra
presenza,
perché io volevo te
e nessun'altra.
E chissà dov'eri
le notti in cui non dormivo e ti pensavo,
le notti in cui ascoltavo canzoni che mi parlavano di te,
che sembravano strapparmi il cuore e gettarlo in pasto
alle urla di chi chiede aiuto,
di chi è rimasto solo
tradito
abbandonato.
Perché in ogni angolo trovavo il tuo sorriso,
in ogni frase il tuo nome
e in ogni sguardo
il tuo.
E il mio cuore mi urlava di smetterla, che non voleva
più stare così

e la mia testa scoppiava
piena di pensieri e di caos,
e tu eri come il caos di una grande città
mettevi a soqquadro il mio cuore e te ne andavi
senza dirmi niente.
Continuamente, ogni giorno
non facevo altro che pensare a te.
Non mangiavo, e il mio stomaco si nutriva dei tuoi
ricordi
e la mia mente piena di vuoti
restava con un vuoto profondo pieno di te.
Le mie mani erano gelide senza le tue
e la mia pelle era quella di un soldato senza
armatura,
bruciata dalla guerra e corrosa dai colpi al cuore.
Ero spacciato in piena battaglia,
senza un motivo per tornare a casa sano e salvo,
perché tu che eri il mio motivo
sei diventata la mia guerra.
E volevo sparire
lontano da tutti.
Perché nessuno mi capiva e nessuno mi ascoltava
e io non volevo più sentire sporchi consigli di chi non
è capace di guardare dentro.
Perché «Tutto passa» mi dicevano,
ma che ne sapevano loro
di quanto io avrei voluto che tu non passassi mai

e che ripassassi di qua per caso
altre mille volte.
Non volevo che tu diventassi un ricordo
e poi con il tempo una dimenticanza,
come una di quelle cose messe da parte e lasciate
morire con il passare dei secondi,
che ogni giorno compongono lo spazio che ci divide.
Volevo che tu tornassi a essere parte di me,
che insieme facevamo invidia al mondo
e che il mondo stesso aveva paura di noi,
che insieme eravamo forti
speciali
innamorati.
Ma innamorato sono rimasto soltanto io
e forte, anche.
Perché ho combattuto contro tutto e contro tutti,
contro i miei demoni
e avrei combattuto anche per te, al posto tuo,
perché eri una cosa bella
e le cose belle non meritano del male.

Ma tu ne hai fatto a me
e mi hai insegnato che le cose più belle sono quelle
che ti fanno soffrire di più.
I giorni passavano
veloci come il vento,
ma tu no

e io continuavo a sperare in qualcosa.
Restavo chiuso nella mia stanza
e la sera mi affacciavo alla finestra,
sperando che tu fossi davanti alla porta di casa del
mio cuore
con un po' del tuo sorriso tutto per me.
Continuavo a credere in te, anche se tu in me non
credevi più,
e mentre la tua vita correva in avanti,
la mia restava ferma ad aspettarti
credendo che la tua la volesse ancora
ignorando che nella vita
ci sono vite che smettono di appartenersi
per sempre.
E nessuno rispondeva alle mie domande.
«Perché a me?» urlavo al mondo,
che in un silenzio divertito
mi diceva di abbassare la voce,
che tutto è inutile,
che piangere non me l'avrebbe riportata, che urlare non
avrebbe reso vivi i ricordi ormai spenti, che dalle ceneri
dei fuochi spenti
non arde più nessuna fiamma.
E io con il tempo ho imparato a farci l'abitudine,
sì, perché ti abitui
all'assenza di qualcuno, a svegliarti da solo
e ad addormentarti senza un messaggio.

Ti abitui soltanto all'idea che la tua vita in qualche
modo debba andare avanti
anche da sola,
senza mani intrecciate e senza cuori incollati.
Ma mentre il tempo scorreva inesorabile,
tu credevi che io ti avessi dimenticato,
soltanto perché non urlavo più
non piangevo più
e non cercavo più il tuo nome.
Ma mentre tu eri tra le sue braccia,
io morivo in silenzio dalla gelosia,
perché io ti amavo davvero, anche senza parlare.
E tu hai preferito amare qualcun altro, che non
ti amava come ti amavo io,
che non ti avrebbe reso felice
e tu lo sapevi,
ma forse per dimenticarmi hai deciso così:
che altre braccia ti avrebbero stretto forte, ma mai
quanto le mie.

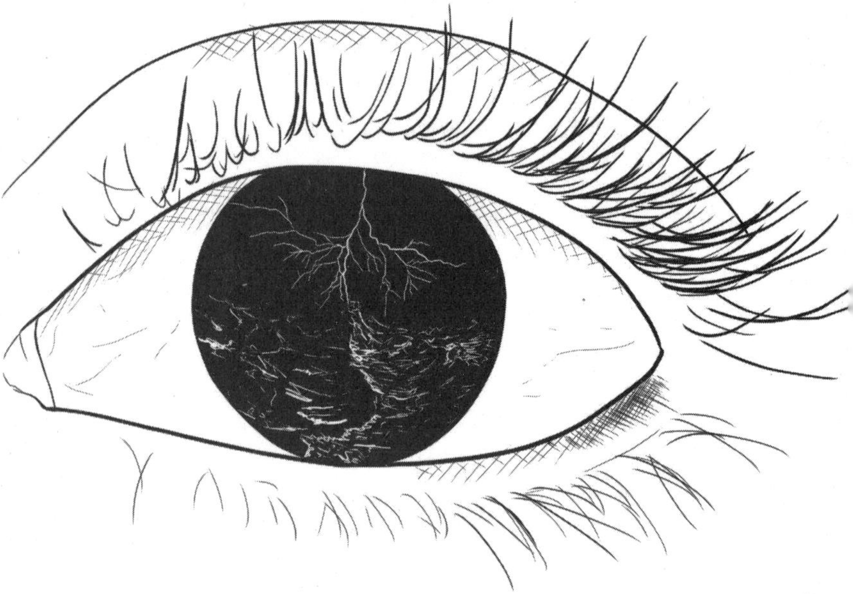

Ci sono occhi
che se li guardi ci fai un giro dentro
e poi non ne esci più.

E io sono rimasto dentro i tuoi
a farci il giro del mondo,
e mi sono perso.

Amare è un bisogno o un desiderio?

Ricomincio da me

Finisce la guerra
e cadono a terra le armi.
Io ero stanco
distrutto
ma vincitore.
Ce l'avevo fatta a superare anche questa prova così
difficile,
che mi aveva lacerato dentro
e fatto sentire così impotente,
così piccolo dinnanzi a mani così grandi.
Già, perché l'amore è qualcosa che ti fa sentire così,
impotente.
Brucia l'aria che respiri
e fa di te una piccola macchia su un maglione
dimenticato in soffitta,
con la polvere che copre il ricordo
e l'odore triste che annebbia la tua assenza.

«E adesso ricomincio da me» dicevo,
che dopotutto non me ne sarei andato mai,
che nonostante tutto sarei rimasto
anche quando andarsene sarebbe stata l'unica cosa
da fare.
Ma ero un po' disperso, a dire il vero,
mi sentivo una lacrima persa in mezzo all'oceano
e cercavo di farmi spazio tra le onde del mare, che mi
inghiottivano ogni volta che provavo a restare a galla,
tra i miei dubbi
i miei ricordi
e le mie paure.
Sì, perché la mia vita era ormai fatta di paure,
e le paure
o le sconfiggi o ti sconfiggono.
E loro di te non hanno paura
e si nutrono della tua anima,
assorbono da ogni piccolo respiro ogni forma d'amore
che resta in te
e così resti senza più nulla,
vuoto e sospeso in aria,
con il cielo sotto i piedi e il cuore tra le nuvole.
Paure
che non riescono a fare a meno di te,
che sei la loro energia vitale
e sanno che comunque vada resterai con loro.
Ma io sono stato capace di andare via,

forse avevo sofferto talmente tanto che un pugnale
infilato nel cuore non mi avrebbe fatto più male,
per non parlare delle dolci parole:
a quelle non avrei creduto più.
Non avrei più creduto a voci sottili che promettevano
l'amore
mentre con una mano ti accarezzavano l'anima
e con l'altra soffocavano il cuore.
Ricomincio da me.
Da me che non mi tradisco
non mi dimentico
non mi faccio soffrire.
E forse ci è voluto del tempo, il tempo che io
ho sempre odiato,
quello che mi ha sempre fatto soffrire di più.
Ma dicono che le cose con il tempo passano
e tu sei passata,
come una di quelle cose che poi non ti sfiorano
neanche più.
E mi ricordo quando dicevo che non avrei mai voluto
che tu passassi per sempre, che tu diventassi un
ricordo e con il tempo una dimenticanza,
ma tu hai voluto così
e il tempo ha cancellato tutto.
Silenzioso come un predatore, inesorabile non mollava
un centimetro
e ogni giorno

in ogni lacrima
si portava via una parte di te,
che avrei voluto tenere con me
per sempre.
Ma con il tempo sono diventato grande,
grande per imparare ad accettare le delusioni,
grande per imparare che a volte ami qualcuno che
non ti ama,
come tu hai fatto con me
che mi hai reso grande non amandomi più.
E il tempo rende forti tutti,
perché o lo diventi o vieni schiacciato.
Nessuno ti aspetta, nessuno lotta per te, nessuno
sorride al posto tuo
ma soprattutto
nessuno
ama per te.
Come quella volta che mi hai detto: «Sorriderò
per sempre al posto tuo».
E adesso che non ci sei,
mi chiedo dove hai nascosto i miei sorrisi.
Il tempo mi ha reso forte, nei momenti in cui avrei
voluto portare indietro il tempo
per poterti riavere, per poterti riabbracciare.
Ma non potevo
e soffrivo in silenzio perché nessuno avrebbe capito,
e il silenzio ti rende più forte

perché se nessuno ti sente impari a sentirti da solo,
mentre gli altri credono che vada tutto bene.
E io volevo far credere questo:
che andasse tutto bene
anche senza di te.
E ne è passato di tempo
da quando ti guardavo con il cuore in lacrime
sdraiato in riva al mare con il viso sulla sabbia e
gli occhi puntati al cielo,
a oggi, che ti sorrido con il mio sorriso migliore,
quello in cui c'è tutta la forza del mondo, che se
potesse parlare,
il mio sorriso ti direbbe che ce l'ha fatta anche
senza di te,
soprattutto senza di te,
che lui non ha bisogno di te,
che è forte e bello anche da solo.
Ma ci è voluto del tempo per sorridere ancora,
come quando tutto ciò in cui credi non crede più in te
e rimani senza niente
senza tutto
senza te.
Come quando nascondi negli occhi di una persona
la stella più luminosa del cielo,
e resti la notte al buio a cercare la luce
con il viso scuro e il vuoto dentro.
«Ma adesso riparto da me» mi ripeto sempre,

senza il tuo amore
senza l'amore di nessuno,
io soltanto
senza amore.
Ho imparato che l'amore non è una mancanza,
una fetta d'anima da riempire con la porzione di
qualcuno,
ho imparato che l'amore è desiderio, follia.
Avere tutto, sentirsi felici
e nonostante tutto volerla ancora tra le tue braccia.
L'amore è prendere un aereo per un'isola lontana
e trovare il suo viso tra le nuvole del cielo,
ascoltare il rumore delle onde del mare e udire la
sua voce.
Perché l'amore è bello, ma a me ha portato solo guai
e ho imparato a farne a meno,
a meno di lui
a meno di lei
che era un guaio per me,
uno di quei casini belli da morire
di cui poi impari a fare a meno.
Vivere una vita piatta, senza emozioni, apatica.
Che a me le emozioni servono per vivere
e senza sarei morto,
e adesso sono così
impassibile a chi mi sorride e mi porge la mano in
cambio del mio cuore,

morto d'apatia.
Il dolore mi ha reso così
diverso da ciò che ero prima di incontrarla.
Più freddo
più lontano,
come una di quelle cose lontane che desideri tanto
soltanto perché sono lontane
irraggiungibili.
Alla gente piace così,
soffrire per mancanze, morire di vuoti da colmare,
di farfalle uccise nello stomaco.
Perché nello stomaco tu avevi il veleno
e le tue labbra me l'hanno iniettato dolcemente
mentre si faceva l'amore
e le mie armature posavano al suolo
e le mie paure voltavano le spalle al tradimento.
E tu
come un morso di un serpente,
hai fatto di me la preda più desiderata
quella che avrebbe sofferto in silenzio senza andarsene
mai.
Sei stata quello che serviva per rivelare ciò che sono,
perché tu non mi appartenevi
e io non ti sono mai appartenuto.
Eravamo due treni su binari paralleli, che si sono
sempre guardati
senza toccarsi mai.

E adesso che siamo lontani
ho imparato a viaggiare da solo,
senza aspettare triste alla fermata il ritorno di qualcosa
che non tornerà,
senza guardare fuori dal finestrino quando passo per
caso da casa tua,
senza respirare il tuo odore
senza pensare ai tuoi occhi quando ne incrocio altri che
me li ricordano.
Tu te ne sei andata
e io non ti ho aspettata più.
Ricomincio da me,
senza dimenticarmi
senza smettere di volermi bene,
perché ne ho bisogno,
ho bisogno di me, che per troppo tempo è stato
lontano da me
lontano per te.
Ma adesso non me ne vado più in posti lontani che non
profumano di casa,
non me ne vado più da me,
io sono la mia unica casa,
il posto dove ritroverò sempre quello che mi
appartiene davvero
la mia felicità
la mia forza.
E me lo sono promesso:

"Soltanto con me".
Perché le persone mi hanno sempre deluso,
ho sempre riposto in loro le cose più preziose
e le hanno trattate come se non valessero niente.
Diamanti che hanno gettato in fiumi di superficialità,
raccogliendo sassi
che avrebbero soltanto riempito il peso della quantità,
senza dare nessuna emozione
nessun amore.
Mi sono sentito un fiore nel cemento,
calpestato da suole fredde
che non ascoltavano il mio profumo.
E più volte ho respirato forte dai miei petali pieni
di speranza,
in quell'aria inquinata dalla voglia di avere tutto
senza dare niente.
E io non voglio più
dare tutto a chi non apprezza nulla,
e me lo sono promesso
la notte in silenzio, mentre curavo il dolore marchiato
sulla mia pelle
che non avrei creduto più così tanto
alle parole che ti cullano
e ti uccidono nel sonno.
Non avrei più creduto
alle mani che accarezzano i petali dei fiori più belli
e poi

li strappano senza curarsi del loro dolore.

Ricomincio da me.
Lontano dal cemento e dalle mani cattive di chi non
ha premura dell'amore,
lontano da chi non profuma di speranza.
Lontano
dove l'aria libera nel cielo
accarezza dolcemente ogni singolo petalo del fiore
dove amare se stessi
non fa più così tanta paura.

Ricomincio da me.

Di te,
sono belli
i difetti.

Passa il tempo
e con il tempo passano anche le persone.
Soffri le assenze
perché sei abituato alla presenza di qualcuno
non perché qualcuno è essenziale nella tua vita.

Soffri la mancanza dell'abitudine
non la mancanza dell'amore.
Perché noi umani siamo fatti così
soffriamo tanto
ciò che fugge da noi
non ciò che ci tarpa le ali.

Soffri
ma sii felice.

Ti accorgerai di ciò che hai perso
quando non troverai
mai più
niente di così bello.

Il mare d'inverno

Poi ce la fai
a dimenticare ciò che ti ha fatto male,
a lasciare indietro i pesi che non ti fanno dormire
e a tornare a sorridere senza paura.
E io ce l'avevo fatta,
finalmente avevo di nuovo il cuore che senza di me non
riusciva più a vivere
ed era tornato indietro dove era stato bene,
viaggiando libero e felice
tra i campi di grano bagnati dalla luce del sole
e i fiori colorati profumati d'amore.
Perché tutti, prima o poi,
tornano dove sono stati bene.
Anche se mi sentivo ancora incompleto
mancava qualcosa,
la mia vita era piatta
un mare calmo che prepara la tempesta
un puzzle quasi completo senza il pezzo centrale,

dove nel mio petto era rimasto un vuoto incolmabile,
perché si sa: con il tempo tutto passa
ma le ferite non passano mai.
E me lo ero promesso – "Ricomincio da me" –
che non avrei creduto più a nessun'altra dolce parola
con il retroscena del veleno che ti uccide il cuore.
Che non avrei riposto più nessuna cosa preziosa tra
le mani
di qualcuno sprovvisto d'amore.
Ma che ne sapevo io, che l'amore non ti fa guarire mai
ti fa ammalare all'improvviso senza dirti nulla
e si prende tutto di te
senza ridarti niente.
E la sensazione di calma dentro di me
annunciava questo,
che sarebbe arrivato un mare in tempesta
che avrebbe portato via tutto quanto.
Un mare che non si sarebbe fermato
quando le sue onde avrebbero sfiorato i miei piedi
puntati al suolo,
tra i granelli di sabbia trasportati di spiaggia in spiaggia
senza pietà.
Ed è quando credi di esser diventato invincibile
che un pugno di fuoco ti colpisce allo stomaco
e ti ricorda
che in amore l'innamorato non vince mai,
che quando le sue braccia grandi ti stringono al suo petto

non puoi scappare più.
E non c'è tempo che tenga.
È come una di quelle cose già decise
dove non puoi decidere nulla,
arriva il momento dove perdi la testa e il cuore pure
e tutte le promesse che ti sei fatto
perse per sempre.
E io me lo ero promesso con tutto me stesso:
"Ricomincio da me".
E per un attimo credevo davvero di esser diventato
invincibile.

E poi arrivi tu
che rompi la calma e invadi la mia vita.
Nel momento in cui non credevo più alla magia delle
farfalle che vivono nello stomaco
quando ormai mi ero dimenticato dell'amore,
dell'emozione che provi quando lei ti sfiora il viso
con le sue dolci mani fredde,
dei brividi sulla pelle a ogni sguardo
e dei piedi che si staccano dal suolo a ogni bacio.
Che senza dire nulla sei entrata dentro di me in poco
tempo,
che in poco tempo
era già impossibile dimenticarti.
E me l'avevano sempre detto
che all'amore piace rompere la quiete

e tu eri il mio mare d'inverno,
che sei arrivata per bagnare la mia spiaggia con le tue
onde piene di forza
e io sdraiato sulla sabbia a guardare il tramonto
sono stato la conchiglia nascosta
trascinata sotto le acque.
Sei stata inaspettata,
una di quelle cose che arrivano quando volti le spalle.
Io non ti aspettavo
ma tu era come se mi volessi da una vita
e un tuo sorriso ha stravolto la mia,
di vita.
Toccavo le tue mani
e i brividi sul cuore.
E ti ripetevo sottovoce: «Scappiamo?».
Ti avrei portata via davvero,
lontano da tutti
in uno di quei posti dove ti ubriachi e fai l'amore,
magari in riva al mare
sotto un cielo rosso che parla di noi,
dove io e te camminavamo sulla spiaggia mano nella
mano con i cuori abbracciati,
con la sabbia fra le dita e l'acqua che ci accarezzava le
gambe
e tu mi dicevi: «Ho freddo»
per farti stringere forte da me
e farlo era bellissimo.

Eri diventata tutto per me
in così poco.
Il tuo sorriso stregato
e i tuoi occhi che ricordavano l'oceano
e il mio cuore che navigava nella tua anima sulla sua
barca di carta,
senza la paura di chi era morto affogato nella tempesta,
in passato.
Il tempo con te passava troppo in fretta
e significava soltanto che mi facevi bene
e ogni volta non volevo andarmene più e volevo
soltanto che non fosse l'ultima volta.
Ma forse era troppo presto per parlare d'amore,
perché si sa:
l'amore è qualcosa di grande
e noi eravamo qualcosa di piccolo,
che quando eravamo vicini tutto il resto non contava
più nulla,
tu eri felice
e io
lo ero di più.
Eri il mio mare d'inverno,
fredda,
congelavi ogni mio caldo desiderio,
scottavi il mio cuore quando lo toccavi con il ghiaccio
che avevi dentro.
Ma spesso è così:

chi si porta il freddo dentro ha paura del sole,
e tu
avevi paura di me,
perché sapevi che ti avrei sciolto ogni debolezza,
perché da me non riuscivi a stare lontana,
tu che l'amore non sapevi cosa fosse
e che ti eri promessa di non innamorarti mai.
Io ero il tuo caldo soffio di cielo,
ma cercavi di negarlo
per paura di soffrire e di non sapere come fare.
Dicevi che era sbagliato
che era troppo presto
che non sapevi se io valessi più della libertà
che tu non sapevi
che insieme a me saresti stata libera per sempre.
E affogavi da sola tra le tue paure,
tra le tue incertezze
e da sola ti soffocavi con le tue mani
e ti dicevi di scappare, di andare via
che se fossi rimasta avresti sofferto davvero
e che l'amore ti avrebbe fatto male
e tu non volevi soffrire
ti amavi più dell'amore che provavi per me
e avresti preferito farmi soffrire
pur di non soffrire.
Eri egoista
ma mi davi tutto ciò che avevi,

ti amavi
ma pensavi sempre a me,
che ero il tuo pensiero fisso e tu il mio,
che non ci saremmo dovuti incontrare mai,
e poi
non ci saremmo voluti perdere più.
E arriva il momento dell'addio,
dovevo partire per un posto lontano dai tuoi occhi,
mentre in silenzio, di nascosto, ci asciugavamo le
lacrime a vicenda,
perché non ci piaceva farci vedere così,
eravamo forti
così dicevamo noi due,
ma quando arrivava la nave che mi avrebbe portato via
il mio cuore iniziava a battere più forte
e sentivo il tuo esplodere senza far troppo rumore.
«Vieni con me» ti dicevo
e tu senza dire una parola mi baciavi.
Già, perché i baci erano l'unica cosa che ci salvava
ancora,
che per un attimo ci facevano dimenticare di tutto
il resto
e allora baciami
baciami ancora
baciami più forte.
Ma ogni secondo ci graffiava dentro
e ogni attimo sembrava sempre l'ultimo

e ti stringevi forte a me,
come per dirmi "Non andartene mai",
che senza di me non sarebbe stato lo stesso.
Ma io lo sapevo
che di me avresti fatto a meno
e io di te
non avrei voluto farne a meno mai.
La nave veloce tra le acque del mare d'inverno
viaggiava verso di me
sorridendo al dolore
accarezzando i miei capelli
e guardandomi in viso come per dire:
"Dobbiamo andare, vieni via".
Le mani,
le mani non si staccavano.
I cuori,
i cuori non si lasciavano più.
E per un attimo mi sentivo morire,
invisibile agli occhi della gente
un palloncino gonfio di paura che esplodeva in silenzio
nel cielo.
Era l'amore che ti salva dalla vita,
che lentamente lo guardi sparire tra le onde del mare,
sparire
già.
E io di coraggio ne avevo da vendere,
avrei fatto di tutto pur di rivederti,

ma tu no, tu avevi paura
e io lo sapevo
che saresti rimasta ferma senza far nessun passo verso
di me,
ferma ad aspettare il mio ritorno
o il mio addio.
«Non andartene» mi dicevi. «Tieni questo come
ricordo.»
E io mi sentivo abbandonare
quando sentivo la parola "ricordo".
Dentro di me ogni cosa si frantumava, il mio cuore si
fermava, l'anima si spegneva.
Non avrei più voluto ricordi
perché i ricordi fanno male da morire
e ti dicevo «Ci rivedremo presto» ma lo sapevo,
lo sapevo.
Lo sapevo che non ci saremmo più rivisti
e che ancora una volta avrei dovuto soffrire impotente
al dolore
con la guerra addosso e il cuore legato.
Ma la nave è arrivata e tu non te ne andavi più.
Poi arrivano anche i momenti più brutti,
quelli in cui devi andartene,
quelli in cui devi rinunciare a tutto, prendere le cose e
andare via.
E io non volevo
guardarti sbiadire all'orizzonte,

mentre le mani dei nostri cuori si stringevano
e piano piano scivolavano via,
perché volevo viverti, non ricordarti.
Mi sorridevi
mentre io dentro piangevo
e mi chiedevo perché:
perché dopotutto sarebbe ancora toccato a me
soffrire,
perché dopo la tempesta ancora un'altra tempesta.
Avrei voluto un po' di sole
ma mi abituavo all'idea
che forse la mia vita sarebbe stata per sempre un mare
in tempesta
e tu
il mio mare d'inverno.

E mentre la nave approdava al porto,
la tua ancora restava agganciata al mio cuore.
Mi hai insegnato che il tempo non serve a niente,
che le emozioni non hanno misure, non rispettano
le regole,
vivono vita propria e momenti magici.
E tu sei stata il mio momento magico,
perché si sa:
l'amore è magia
e la magia
illusione.

E tu mi avevi illuso che per una volta l'amore potesse
essere realtà,
quella cosa che stringi forte tra le mani senza doverlo
immaginare,
ma in un batter di ciglia tu eri sparita,
non c'eri più tra le mie braccia,
ero di nuovo solo
su una nave piena di ricordi, in mezzo al mare
pieno di paure.
Te ne eri andata anche tu,
anche se nonostante i chilometri che ci dividevano,
io cercavo di esserti vicino
ma tu
a ogni passo che facevo verso di te
scappavi sempre più lontano.
Mi avevi illuso dolcemente,
ti eri presentata nella mia vita come l'angelo più bello,
ma si sa,
è sempre la cosa più bella che poi ti fa soffrire di più
e tu sei stata l'angelo che mi ha portato in paradiso
prima
e all'inferno poi.
E l'amore ancora una volta mi bruciava il cuore
e il buio era tornato a esser più buio
minaccioso
e il silenzio assordante
e i miei demoni mi abbracciavano forte.

E tu sei stata il mio mare d'inverno,
che avrei voluto osservare ogni giorno in silenzio,
con le sue onde calde e i suoi colori freddi, con il suono
dell'abbandono
che culla la mente e stringe il cuore,
ma tu te ne sei andata perché avevi paura
e non sei stata capace di lottare per me,
perché i chilometri che ci dividevano
erano più forti dei sentimenti che ci legavano.
Mi ero promesso che non avrei creduto più a niente
e poi sei arrivata tu
che hai sconvolto la mia vita e bruciato le mie
promesse,
che mi hai donato il coraggio di crederci ancora
e io ci ho creduto tradendo la mia parola,
la mia promessa: "Ricomincio da me".
Io
ho ricominciato da te.
Ma, in fondo,
a me le persone che scappano non sono mai piaciute,
ho sempre preferito restare e combattere fino alla
morte,
perché l'amore è una guerra che vale la pena
affrontare
e lei un motivo per il quale morire.
Tu non sai la guerra dell'amore che cosa sia,
scappare è da codardi e tu lo hai fatto,

hai fatto di me soltanto uno stupido ricordo
e io
di te
soltanto una pagina del mio libro.

DON'T TOUCH!

Siamo fatti per pochi
e siamo fatti di sogni.
Sogni che non ci fanno dormire, che profumano d'amore.
L'amore che tu hai tolto a me.

I ricordi fanno male?

Va tutto bene

«Va tutto bene, grazie.»
Impari a rispondere così alla domanda: «Come stai?».
Perché sai che non importerebbe a nessuno sapere che
lei ti manca da morire,
che quando viene a mancare l'amore
fa male davvero.
«Va tutto bene» e sorridi
con la vita sul viso e la morte nel cuore,
perché gli altri non vorrebbero sapere
che la sera nella tua stanza si sente il rumore del male
in sottofondo,
che sentirsi soli ti strappa l'anima e la getta lontano
dall'amore.
E io dovevo essere impassibile dinnanzi ai ricordi,
che come fantasmi rientravano nella mia vita quando
sembravano essere scomparsi
e dovevo far finta che andasse tutto bene,
che lei non mi mancava

e che io stavo bene
anche senza di lei.
Ma chissà se anche lei faceva finta di stare bene
e sorrideva per mascherare le sue mancanze.
E chissà se le mancavo,
e avrei voluto scriverle, avrei voluto cercarla perché
mi mancava
e la volevo da morire nella mia vita,
lei
che quando era nella mia vita
mi ha fatto morire.
E l'amore è così:
non si spiega
non ti parla
non ti dice niente.
Ho provato a interrogarlo più volte,
volevo sapere di lei
che fine avesse fatto senza di me,
ma lui non mi diceva niente, sorrideva e sorseggiava
le mie lacrime
mentre io cercavo risposte tra le illusioni.
Illusioni
di cui facciamo un'overdose,
perché senza di esse saremmo decisamente morti,
morti d'assenze,
senza risposte che ci lasciano spazio per respirare
ancora,

senza quella persona che vale come ossigeno per
il nostro cuore
che la respiri a pieni polmoni
come il fiore più bello
raccolto nel giardino più colorato.
E avevo imparato a respirare forte anche senza di lei,
perché in passato mi era già mancata l'aria da
spezzarmi il fiato
e strapparmi il cuore.
Ed ero diventato abile a soffrire,
sapevo fino a che punto farmi del male
per capire fino a quando sarei stato capace di resistere,
come se il dolore fosse una prova da superare
per uno come me,
che difficilmente si sarebbe arreso.
E senza di lei era la prova più dura, quella che temevo
di più.
Ma lei, senza di me
ha resistito di più.
Forse perché basta soltanto amare di meno
e vince chi prende il cuore per i capelli e lo trascina in
salvo prima dell'altro
e io imprudente
ho lasciato il mio cuore in balia dell'amore,
divorato
distrutto
sconfitto.

E mi chiedevo che cosa fosse l'amore,
perché a volte mi regalava emozioni bellissime,
mi faceva sentire speciale
mi faceva sembrare tutto più bello
più colorato
più profumato.
Mentre la maggior parte delle volte,
l'amore mi faceva davvero male, mi lacerava il cuore,
me lo strappava dal petto
e ne faceva tutto quello che voleva.
Carezze e pugni,
baci e illusioni.
Quindi, che cos'è l'amore?
Perché spesso si ama qualcuno che non ci ama
o amiamo qualcuno che smetterà di farlo?
Perché io a lei ho dato tutto quello che avevo
e anche ciò che non avevo,
mentre lei a me non ha dato niente
e si è portata via
tutto?
E se l'amore è questo
voglio smettere di appartenergli,
voglio disintossicarmi dal suo veleno.
L'amore è come una droga, non ti fa smettere più.
E drogatemi di felicità
drogatemi di vita
di gioia

di sorrisi
ma mai più d'amore,
che ha fatto della mia anima roba sua, anestetizzando
anche la parte più bella
e colorato di grigio
l'arcobaleno che brillava dentro di me.
E a volte mi chiedo se il problema siamo noi,
perché forse non siamo capaci di condividere la nostra
vita con gli altri,
desideriamo tutti il sole e poi restiamo affascinati dalla
luna.
Siamo esseri incoerenti
che dicono di volere i sorrisi
e poi trovano emozioni tra la pioggia che cade fitta
dal cielo.
Diciamo di amare la felicità
e poi
viviamo per il dolore.
Ma davvero,
ho sempre combattuto per amore,
ho sempre gettato il mio cuore oltre ogni ostacolo
pur di arrivare al suo,
che se ne stava beato tra le sue certezze di essere
il desiderio
e che non serviva far niente per nessuno.
Ma ricordo che da piccolo mi insegnavano che l'amore
non era guerra,

ma che comunque bisognava combattere per averlo,
che l'amore viveva in un sorriso e meno in una lacrima
e allora forse
quando si soffre così tanto non è amore?

Io l'amavo
e mi bastava questo.
Tanto che l'avrei amata per tutta la vita
anche senza che lei mi amasse mai.
E per me l'amore significava questo.
"Amare con tutto l'amore che hai" anche se chi ami
non ti ama.
Perché spesso, credetemi, sarà così.
Darai sempre tutto per chi non darà niente per te
o per chi l'avrebbe dato se non l'avessi fatto prima tu,
ma non importa,
l'amore è dare
non ricevere.
E adesso, dopo aver superato tutto, sorrido al dolore.
Lo accarezzo come se fosse parte di me
e lo stringo forte ringraziandolo per ciò che mi ha
insegnato,
che l'amore esiste davvero
ed è la cosa più bella e ci permette di esistere.
Ma che spesso, forse, viene rovinato dalle persone che
non sanno amare,
che nascono dall'amore e non impareranno ad amare

mai.
E ho amato tanto
quando non avrei dovuto farlo
e non sono stato amato,
quando me lo sarei meritato.
Ma l'amore non è un merito
e neanche una di quelle cose che lanci e tornano
indietro,
l'amore è strano
un viaggio infinito in un cielo pieno di colori,
un rischio da correre
se si vuole rischiare di esser felici.
L'amore è strano,
lei era strana.
L'amore arriva e se ne va senza dirti niente,
lei è arrivata e se ne è andata
senza lasciarmi
più niente.
Ma non importa,
io sulla mia barca di carta ci continuo a navigare
lo stesso,
tra mari e oceani
alla ricerca della felicità
che troverò sempre e solo dentro di me.
E impari a rispondere: «Va tutto bene, grazie»
alla domanda «Come stai?».
Perché sai che le domande sono spesso un'abitudine

e meno un interesse.
Che raccontare le tue paure e i tuoi dolori a chi non
ti ascolta
sarebbe soltanto una perdita di tempo,
come prendere tutta la tua anima
e gettarla dall'alto
verso l'infinito.
«Va tutto bene.»
Non ti importa più
spiegare che lei ti manca da morire,
perché tanto nessuno può riportarla indietro tra le
tue braccia,
e impari che nella vita puoi soltanto andare avanti,
sorridere
asciugarti le lacrime
e sorridere.
Sorridere senza pensare più alle paure,
degli amori che finiscono oltre gli orizzonti,
che da lontano li guardi svanire per sempre.
E io a lei ho dato tutto,
niente di meno.
E adesso non mi resta più niente,
ma sono sicuro che l'amore mi darà la forza di amare
ancora
di ritrovare tutto ciò che ho perso in un sorriso
spietato,
quando arriverà qualcuno che lo meriterà davvero.

E chissà dove sono, adesso,
quelle persone che dicevano che sarebbero rimaste
per sempre,
che hanno stretto forte il mio cuore facendolo sentire
al sicuro
e lo hanno tradito
buttandolo a capofitto su un tappeto di spine
avvelenate.
E chissà dove sono adesso,
adesso che ho imparato a sorridere anche senza di loro
e dovremmo tutti imparare a farlo,
sorridere senza nessuno,
sorridere con noi stessi soltanto,
che siamo e saremo
l'unica persona che non ci tradirà mai.
E adesso sorrido forte alla vita
che credeva di buttarmi giù e schiacciarmi fino a farmi
smettere di lottare.
Sorrido alla vita e a chi non c'è più
a chi mi ha tradito
a chi mi ha abbandonato
a chi mi ha illuso.
Sorrido a me stesso,
che nonostante tutto
sono ancora qui.
«Come stai?»
«Va tutto bene, grazie.»

Non importerebbe a nessuno
sapere che le persone hanno bisogno d'aiuto,
e in silenzio
combattono ogni giorno
per esser felici.

«Ehi, come stai?»
«Va tutto bene, grazie.»

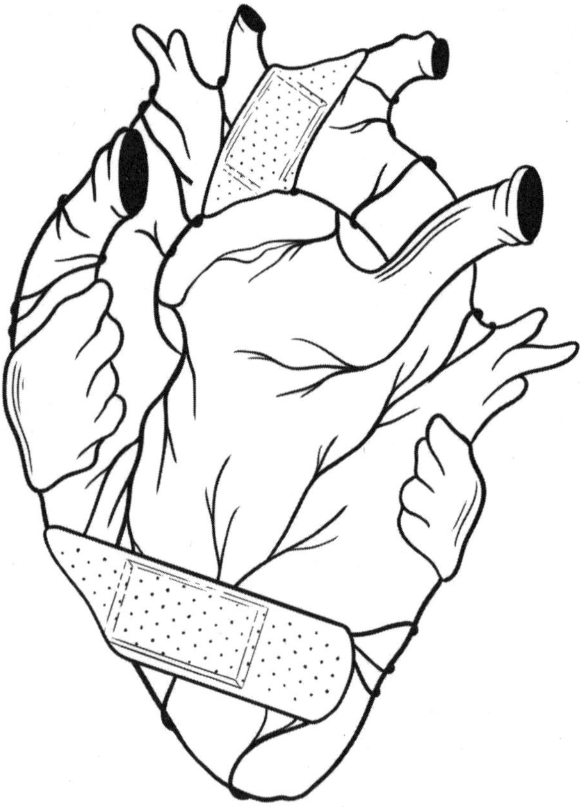

E sarò come il sole
nel cielo della mia vita.
Ritornerò a splendere ogni giorno
anche senza di te.

28/01/18, 00.01 am

Sembrerà banale sentir parlare d'amore,
soprattutto da un ragazzo così giovane
che al massimo avrà soltanto subito un comune rifiuto
da parte di qualcuno.
Sembrerà banale
perché siamo abituati a evitare ogni cosa,
ogni discorso
ogni verità.
All'uomo la verità non piace,
ammettere qualcosa è sempre scomodo
ed è più semplice negare e sminuire.
Ma la realtà è che siamo tutti
tremendamente
soli.
Neghiamo l'amore
e neghiamo che le persone soffrano
tutte allo stesso modo.
Neghiamo che ci sentiamo soli e rispondiamo

«Va tutto bene, grazie».
Abbiamo paura di mostrarci per ciò che siamo
davvero.
Ed è questa la nostra vera debolezza:
nasconderci dal nostro lato umano
sensibile
dolce.
Siamo tutti più soli e più bugiardi
quando diciamo che va tutto bene e che non abbiamo
bisogno
di nessuno.
Ma l'amore è bisogno o desiderio?
Siamo davvero in grado di sopravvivere senza
qualcuno?

Forse sì, l'uomo è capace di tutto
anche di smettere di amare.

Dormi da sola stasera?

Fine

Abbiamo capito tutti che in amore capire non serve a niente, che quando crederai di aver capito tutto, ti accorgerai in un secondo che non hai capito niente.

E a volte mi sento stupido anche io a parlare d'amore, perché sì, l'amore ci rende anche stupidi, e credo che si diverta anche a guardarci mentre noi parliamo di lui. E vorrei soltanto poter sistemare tutto con un sorriso, a volte vorrei che fosse così davvero, che bastasse sorridere per far sentire meglio qualcuno, e invece sorridere non serve a nulla, quando il nostro cuore piange di continuo.

Ma che cos'è l'amore?

Ne parliamo tutti i giorni, lo cerchiamo ogni istante, ma non sappiamo niente di lui, ci sfugge sempre, come una di quelle cose belle che pensi di avere tra le mani e che poi ti scivola via proprio nel momento in cui credi di averla in pugno.

Per me l'amore è questo: una cosa bella. Perché nonostante tutto l'amore è bello, anche quando ci fa male, anche quando ci fa soffrire e ci fa morire dentro, perché l'amore è così e noi non possiamo cambiarlo.

È che forse, a volte, dovremmo accettare che qualcuno non ci voglia più, e noi non siamo capaci di fare questo, "accettare" la verità.

Perché pensateci, contiamo sempre le volte in cui soffriamo, ma ci dimentichiamo spesso delle volte in cui abbiamo fatto soffrire.

L'amore è così: spesso non è ricambiato, e sarebbe bello se lo fosse, sarebbe giusto, felice, perfetto. Ma l'amore è bello proprio per questo, perché non è giusto, è pieno di difetti, e ci fa impazzire.

E forse noi dovremmo soltanto esser capaci di vivere di più, dimenticandoci di esser speciali, imparando che tutti potranno fare a meno di noi, e che soltanto noi dovremmo aver sempre bisogno di noi stessi, perché il primo passo per amare gli altri è accettare e amare se stessi.

E spesso confondiamo il desiderio con il bisogno, e ci accontentiamo della presenza di qualcuno soltanto perché abbiamo un vuoto da colmare.

Ma l'amore forse non è così, l'amore forse è desiderio di volere qualcuno anche senza vuoti da colmare, avere tutto ciò che si desidera e volerla lo stesso accanto a te.

Imparate a esser felici da soli, a bastarvi da soli, a volere e amare qualcuno per ciò che è, non per ciò che porta con sé.

Ma tanto, alla fine l'amore è soltanto una cosa, e noi non la conosciamo.

Io con l'amore ho chiuso.

Hai visto, mamma,
alla fine ce l'ho fatta.
Ti amo.

16.05.18

Vi metto questa pagina alla fine, perché voglio
che sia l'ultima cosa che leggiate,
perché resti l'ultimo pensiero prima di chiudere il libro.

Mancano circa un mese e due settimane all'uscita
del mio libro.
E, fino a qualche tempo fa, non avrei mai pensato
di scriverne uno.
La mia vita era diversa, difficile, cattiva.
Io ero diverso, difficile, chiuso, arrabbiato.
Mi era stato tolto tanto, anche quando avevo dato tutto,
mi era stato tolto il sorriso, il respiro, il cuore,
il coraggio.
Ho conosciuto, per qualche anno, ogni angolo della
mia stanza, ogni granello di polvere, ogni suono del
silenzio e ogni colore del buio.
Mi sono trovato per terra, senza forza per rialzarmi,
a soli vent'anni,

quando la gente pensa che non si possa soffrire davvero,
io ho conosciuto il dolore.
Ho voluto parlare molto dell'amore in questo libro,
dell'amore tra uomo e donna,
perché credo che sia una cosa che riguarda tutte
le persone di questo mondo,
perché l'amore è per tutti, l'amore è di tutti.
Ho parlato dell'amore perché mi piace credere
che sia il nostro unico problema,
che per un attimo ci fa dimenticare davvero tutti
gli altri.

Così, adesso, manca soltanto poco più di un mese
all'uscita del mio libro.
E tante persone che prima criticavano la mia vita,
dicendomi: «Cercati un lavoro»,
adesso non hanno neanche il coraggio di guardarmi
in faccia.
Non sono felice, sono arrabbiato.
Non sono felice di esser riuscito in tutto questo.
Sono orgoglioso di me, sono abbastanza soddisfatto,
ma non felice.
Sono arrabbiato perché le persone non hanno coraggio.
Sono arrabbiato perché le persone non si aiutano.
Sono arrabbiato perché le persone non combattono
il male.
Sono arrabbiato perché le persone non si ascoltano.

Sono arrabbiato perché le persone si giudicano.
Sono arrabbiato.

E adesso che sembra tutto bello, ho ancora dentro
di me tanta voglia di cambiare le cose,
tanta voglia di regalare un sorriso a chi non ne ha mai
avuto uno.
A chi in questo momento sta soffrendo per amore.
A chi in questo momento sta soffrendo per una malattia.
A chi in questo momento sta soffrendo per la perdita
di una persona cara.
A chi in questo momento si sente solo, abbandonato.
A chi in questo momento ha paura.
A chi non ha mai avuto un genitore.
A chi non ha la fortuna di poter vivere la vita come
gli altri.
Vorrei prendere le vostre vite e portarle lontano da qui,
in un posto bellissimo dove non si soffre più.
E se sono arrabbiato è perché la sofferenza delle
persone è causata dalle persone.

Questo è soltanto un mio sfogo, ma resterà scritto
per sempre nero su bianco.
Lo sfogo di un ragazzo di vent'anni, che ha imparato a
sorridere alle persone e a rispondere che andava tutto
bene, mentre dentro moriva in silenzio.
E probabilmente resterà soltanto uno sfogo, un urlo

strozzato in piena notte, che non ascolterà nessuno,
che verrà dimenticato, ucciso.
Della mia vita voglio fare arte, comunicare con la gente
attraverso questa roba.
Non voglio fare soldi, non voglio esser famoso
e riconosciuto per strada.
Non voglio fare foto e firmare autografi per sentirmi
speciale.
Non voglio popolarità, non voglio successo.
Voglio soltanto avere la possibilità di parlare, di aiutare
le persone.
Anche se troppe persone raccontano il male come
se fosse una cosa bella,
come se far del male agli altri e a se stessi fosse giusto.
Per questo sono arrabbiato.
Dove finiremo?

Io ho conosciuto il male e l'ho guardato negli occhi,
e vi assicuro che non ho il coraggio di raccontarlo.

VA TUTTO BENE

Indice

Questo volume è stato stampato presso ELCOGRAF S.p.A.
nel mese di giugno 2018
Stabilimento – Cles (TN)
Stampato in Italia